D1151628

Lune et l'Ombre

Dans la même série

2 • Forger le lien

3 • Briser le sort

Avec le soutien du

CNL

Centre national du livre

www.centrenationaldulivre.fr

ISBN : 978-2-35488-209-9
Loi 49-956 du 16 juillet 1949 sur les publications destinées à la jeunesse

www.gulfstream.fr

Charlotte Bousquet

Lune et l'Ombre

1 • Fuir Malco

Gulf stream éditeur

Quelqu'un projette son ombre
sur le mur de ma chambre.
Quelqu'un me regarde avec des yeux
qui ne sont pas les miens.
Présence de l'ombre – Alejandra Pizarnik

Chapitre 1

Des fleurs.

Rouges et roses.

Violettes et jaunes.

Un parterre multicolore éclaboussé de lumière. J'y tourbillonne, et des pétales voltigent autour de moi. Je perds l'équilibre, tombe dans un tapis odorant et doux.

Loin au-dessus de moi, j'aperçois la virgule blanche d'un oiseau filant à toute allure vers le soleil. Fascinée, je fixe sans ciller l'astre énorme et brûlant. Une tache noire apparaît devant mes yeux ; elle grandit, grandit jusqu'à tout engloutir…

Lune et l'Ombre

Je m'éveille en sursaut, le cœur battant, la peau moite et glacée. Je frotte mes paupières et me redresse dans la pénombre de ma minuscule chambre mansardée. Par la lucarne, j'aperçois un morceau de nuit. Des nuages voilent les étoiles et la lune. Là-haut, tout est sombre, sans vie.

J'attrape mon vieil ours tombé au pied du lit et me blottis sous les couvertures. Ce rêve… Je le fais souvent. Il m'effraie, et pourtant je le chéris. Sans lui, je ne verrais plus aucune couleur. Sans lui, mon univers serait entièrement gris. Du gris avec des nuances : gris-blanc, gris clair, gris souris, gris-noir. Du gris quand même, fade et froid.

Je me mords les lèvres : inutile de pleurer, cela réveillerait maman et mettrait Malco en colère, surtout à cette heure-ci.

Je n'aime pas Malco. Il me fait peur. Il est osseux, velu, avec de grandes mains, des doigts larges aux bouts carrés, des sourcils broussailleux, une peau blafarde, des iris charbonneux et une voix râpeuse,

Chapitre 1

toujours menaçante, même quand il s'efforce de paraître gentil. Malco est arrivé dans notre vie au début du printemps. Maman ne me l'a pas présenté tout de suite, bien sûr : elle a commencé par des rendez-vous. Elle se pomponnait, mettait ses plus belles robes et terminait par quelques gouttes de ce parfum poudré que j'aime tant. Elle me laissait seule, revenait après minuit, les prunelles brillantes, les cheveux ébouriffés. Un jour, elle m'a proposé de faire sa connaissance. Je me rappelle ce dîner : l'excitation, avant de le rencontrer, l'odeur chaude et salée du soufflé, la mousse au chocolat qui me mettait l'eau à la bouche, la musique à la radio… Je me sentais joyeuse, comme pour un soir de fête. Puis, il est entré, avec sa fausse douceur, son sourire d'ogre et son air mauvais. J'ai détesté la manière dont il a pris maman par la taille pour l'embrasser. J'ai détesté son baiser sur ma joue. J'ai détesté ses regards, ses questions. Je me sentais mal à l'aise avec lui. Et maman, extatique devant son écrivain solitaire et sans attaches, silencieux par mépris, pauvre par conviction, ne se rendait pas compte que tout en lui sonnait faux, que lui ouvrir notre porte, c'était passer un pacte avec le Diable.

Je lui ai dit : ça n'a servi à rien. Elle a ri, déposé un gros baiser sur ma joue, et déclaré que c'était tout à fait normal que je ne veuille pas de lui. Après tout, nous avions presque toujours vécu seules. Et puis, Malco était très impressionnant ! Selon elle, je finirais par m'habituer à sa présence et l'adopter.

Deux semaines plus tard, Malco emménageait chez nous.

J'ai compris que plus rien ne serait comme avant.

Le six juin, le jour de mes treize ans, deux mois exactement après son arrivée, je suis tombée malade. Maman m'a offert une boîte d'aquarelles ; il m'a donné du papier à dessin. Je les ai remerciés, maman d'abord, ensuite lui, je n'avais pas le choix. Il a posé la main sur mon épaule, m'a souri. Soudain, j'ai senti une étrange douleur dans ma poitrine. La pièce s'est mise à tourner.

Chapitre 1

La dernière chose que j'ai vue avant de m'évanouir a été l'ombre de Malco au-dessus de moi.

Quand j'ai repris connaissance, j'étais allongée sur le canapé du salon.

Il était sorti. Maman pleurait.

Autour de moi, le monde avait changé. Au mur, l'affiche rouge, jaune et noire du *Chat noir* semblait plus terne et les teintes des rideaux, aux fenêtres, étaient un peu passées. Je me suis demandé si c'était ça, grandir. Question rebattue sur l'enfance qui s'enfuit, sur les idées folles qui s'éparpillent lorsqu'on devient raisonnable, lorsqu'on passe de l'autre côté. Cela m'a rendue un peu triste, sur le coup.

Mais ce n'était pas cela.

Le bleu a été le premier à disparaître. Le ciel d'été s'est affadi, mes prunelles dans le miroir ont perdu leur éclat et celles de maman sont devenues pareilles à des billes de terre. L'outremer et le violet, sur ma palette, ont viré au rien. Le jaune a rapidement suivi, inconsistant, vaguement brun avant de prendre la teinte du béton.

Lune et l'Ombre

Le matin de la rentrée, j'ai failli me faire écraser. J'ai eu la sensation, au moment où je traversais, qu'une ombre massive m'enveloppait et que des doigts glacés agrippaient mon épaule, prêts à me broyer. L'impression s'est dissipée au moment même où la voiture pilait devant moi. Le chauffeur a jailli comme une furie de son véhicule. « Tu n'as pas vu que c'était rouge ? J'aurais pu t'écraser ! »

Non, je n'avais pas vu.

Je n'avais pas vu, parce que pour moi, le rouge n'existait plus.

Très vite, j'ai cessé d'aller au collège. Là-bas tout le monde ne parlait que de couleurs, ne vivait qu'avec ça : rose bonbon, jaune citron, vert pomme, bleu turquoise, je ne comprenais plus ces mots. Je les détestais. Et puis, chaque fois que je m'y rendais, l'ombre aux doigts crochus m'attendait sur le chemin, prête à m'attraper.

L'ombre est *toujours* là.

Chapitre 1

Elle guette. Me terrifie.

À cette idée, je me recroqueville dans la tiédeur de mes draps, je serre ma peluche contre moi. Pour combattre ma peur, je pense aux fleurs de mon rêve, à leurs corolles étincelantes, à l'oiseau dans la clarté du soleil, aux effluves doux, piquants, sucrés embaumant l'air autour de moi. Ma gorge se serre.

Depuis quelques jours, les odeurs s'atténuent : celle du pain grillé le matin, du café de maman, et même les relents dégoûtants de tabac que traîne Malco dans son sillage… Disparaîtront-elles, également ? Et après, ce sera quoi ? Le toucher ? L'ouïe ?

Ça sera quoi, ma vie, si je n'éprouve plus rien ?

Je songe soudain à l'histoire de Méduse, cette femme à la chevelure de serpents capable de transformer d'un seul regard ses victimes en statues de pierre. Je serai peut-être à leur place, bientôt. Sauf que je pourrai bouger. Lire. M'évader dans les univers des autres et pourquoi pas, créer les miens. Mais pendant combien de temps ? Combien de temps me reste-t-il avant que même la vue me soit définitivement arrachée ?

Je ne peux empêcher mes larmes de couler. Brûlantes et salées, elles roulent sur mes joues, glissent dans mon cou, se perdent dans l'oreiller. Si seulement elles pouvaient emporter la marée grise qui étouffe mes sens !

Une porte grince, dans la pièce à côté. Je reconnais le pas lourd et lent de Malco. Il se rend dans la salle d'eau, ouvre le robinet du lavabo, tire la chasse. En regagnant la chambre de maman, il s'arrête devant la mienne. Je perçois sa respiration lente et lourde, je le sens si proche que j'ai l'illusion, durant quelques secondes, qu'il a passé le battant de bois et se tient, silhouette malveillante et obscure, au pied de mon lit. Enfin, il s'en va.

Je frissonne.

Cette fois encore, je lui ai échappé.

Je ne sais pas pourquoi j'ai pensé cela, si ce n'est que je n'aime pas la façon dont il m'épie. Parfois, ses yeux

Chapitre 1

de suie plongent dans les miens comme pour m'épingler, papillon victime d'un collectionneur. Il me cloue au sol, se penche lentement, m'examine – j'ignore ce qu'il cherche au fond de moi. Mais quand il aura trouvé, il me l'arrachera.

Je le sais.

J'en suis sûre.

J'en ai parlé à maman. Elle n'a rien voulu entendre. Elle ne peut *plus* m'entendre. Son amour pour Malco la dévore, occupe toutes ses pensées.

J'en ai aussi parlé à Marie. Elle m'a écoutée, m'a expliqué que c'était à moi de trouver ce qu'il y avait de caché au plus profond de mon être et de me battre pour le protéger, pour chasser le gris qui a envahi ma vie et faire fuir les ombres. Marie, c'est ma psychologue. Maman m'a emmenée la voir quand les autres médecins ont déclaré, après une centaine d'examens, de tests, d'analyses et de prélèvements, que je n'étais pas malade. Enfin, pas physiquement. Selon eux, puisque je n'étais ni daltonienne ni achromatopsique, mot compliqué pour « voir en noir et blanc », puisque mon cerveau paraissait normal, c'était dans ma tête que tout se passait.

Malco pense que c'est le moyen que j'ai trouvé pour faire mon intéressante.

Maman préfère le croire plutôt que se disputer avec lui.

Moi, je sais que je ne suis pas folle.

Je préférerais voir le jaune du soleil et l'argent de la pleine lune, l'or des feuilles mortes de l'automne et le bleu des prunelles de maman.

Mais je ne peux pas.

Le jour se lève, remplaçant l'obscurité par une infinité de gris.

Grise, ma peau.

Gris, mon ours en peluche.

Gris, le roman posé sur ma table de chevet.

Gris la chaise, le bureau, la boîte à bijoux et les étagères.

Et dans la pénombre d'un recoin, de l'autre côté de la porte peut-être, quelque chose m'espionne, prêt à m'engloutir.

Chapitre 2

Malco est parti tôt. Un chantier, en bordure de ville. Son art ne lui rapporte pas assez pour lui permettre de vivre décemment, alors il doit trouver un autre moyen de gagner sa vie. Le soir, sur un coin de table, cassé en deux comme un vieillard, il noircit des pages entières de cahiers d'écolier d'une écriture pareille à des pattes d'insecte. Il n'a même pas de machine à écrire pour les mettre au propre. D'ailleurs, je n'ai jamais vu un seul de ses livres en librairie. Maman dit que c'est parce qu'il est trop sensible pour supporter le regard des autres sur son œuvre ; moi, je pense que c'est un imposteur et qu'il lui ment. Seulement, elle l'aime tellement qu'elle croit tout ce qu'il raconte et lui pardonne tout. Même ses sautes d'humeur. Même ses mots méchants. Un jour, je trouverai le courage d'ouvrir l'un de ses carnets durant son absence, et de regarder. Aujourd'hui, l'idée me répugne : j'aurais l'impression que des centaines de cloportes, de fourmis et de mouches s'échappent des feuillets.

Les cloches de l'église du quartier sonnent onze heures.

Devant moi, noir sur blanc, dansent les phrases de mon manuel de français. J'essaie de me concentrer sur le texte que je dois étudier, une lettre de Madame de Sévigné, mais j'en suis incapable. Sa fille lui manque alors qu'elles viennent à peine de se quitter. Mère inquiète et tendre, elle est triste, elle pleure. Comme chaque mercredi, la mienne rentrera à midi pour me faire à manger et me conduire chez Marie. Elle sera gentille, mais distraite. Parfois, un peu agacée. Elle me regardera, les yeux pleins de pitié, se détournera brusquement pour cacher ses larmes ou éviter que je surprenne la culpabilité, l'épuisement ou la peur dans son regard.

J'en ai assez.

Je me lève, j'abandonne la marquise à son chagrin et marche jusqu'à la fenêtre. Dehors, tuiles anthracite, façades blêmes, voitures ternes, quelques passants emmitouflés de gris. Je me détourne : cela fait cinq mois, à peine, et je ne me souviens plus des couleurs de la rue. À l'intérieur, c'est le contraire. Je me rappelle parfaitement le patchwork rose, lavande et bleu de la grosse couverture qui protège notre canapé, le bois patiné des vieilles étagères, les fleurs multicolores peintes sur la commode quand j'avais huit ans. Je connais chaque teinte, chaque nuance par cœur, je peux les nommer, mais suis incapable, même en fermant les yeux, de me les représenter.

Je m'arrête devant le rectangle clair que recouvrait l'affiche du *Chat noir*. Je l'ai arrachée dans un moment de colère, quand mon rouge est devenu cendres. Il y avait d'autres posters sur les murs et, dans les cadres, des photographies. Malco a décidé de tout enlever sous prétexte de ne pas me troubler plus que je ne l'étais. Maman l'a écouté. À présent, le salon est nu ; plus aucune trace de notre existence passée.

C'était ce que Malco voulait. Avant lui, rien. Et après…

La clef tourne dans la serrure, interrompant mes réflexions. Un instant plus tard, maman passe le seuil de la porte. Je l'aide à porter les courses jusqu'au coin-cuisine, elle se débarrasse de son caban. Un à un, je sors les légumes – poireaux, pommes de terre, céleri, épinards, tous gris – du sac.

– Alors, ma Lune, tu as bien travaillé, ce matin ?

Je hausse les épaules, désigne du bout des doigts mon cahier et l'ouvrage ouvert sur les écrits de Madame de Sévigné.

– J'ai terminé les exercices de grammaire, mais l'étude de texte m'ennuie.

– Tes professeurs acceptent que tu restes ici, mais en échange…

Chapitre 2

– Je sais, maman. Ne t'inquiète pas : je rendrai mes devoirs à temps.

Elle me prend dans ses bras, embrasse ma joue, mon front, et le bout de mon nez, puis se détourne avec un soupir et commence à préparer le repas de midi : une omelette au fromage. Le beurre grésille dans la poêle, elle y ajoute les œufs battus, le gruyère, la noix de muscade, le sel et le poivre. Je renifle, inquiète de sentir les parfums familiers de ce plat que j'adore : ils sont plus ténus que la semaine dernière, mais au moins, n'ont pas disparu.

– Tu as si faim que ça ? demande maman.

Elle ne sait pas que je perds l'odorat. Je ne veux pas le lui dire. D'abord, parce que j'aurais l'impression que c'est inéluctable. Comme une malédiction, ou quelque chose de ce genre. Ensuite, parce que ça la rendrait plus triste encore, et plus lointaine. Parce qu'elle ne saurait plus comment me parler. Et puis, Malco en profiterait. Il me traiterait de menteuse, de folle. Il se disputerait avec maman, tout finirait par être ma faute. Il creuserait encore un peu le fossé qu'il y a entre nous.

Je pousse mes affaires de classe et mets rapidement la table : deux assiettes blanches un peu fêlées, couverts de métal, verres à moutarde, serviettes grisâtres. Puis je m'assieds et attends. En noir et blanc, maman a l'air plus âgée et très fatiguée. Des cernes sombres creusent ses yeux de terre ; les mèches folles qui s'échappent de son chignon semblent celles d'une vieille dame. Sourire rapide, elle nous sert, me rejoint, commence à manger. Dans ma bouche, les saveurs explosent. Je profite des goûts, des sensations. J'ai fermé les paupières sans m'en rendre compte. Quand je reviens à moi, maman me contemple, intriguée, un peu lasse, aussi.

– J'adore ça ! C'est vraiment bon, tu sais ?

Elle sourit.

Avant, quand on se retrouvait, toutes les deux, le midi parfois, mais le plus souvent le soir, on se racontait notre journée. Je la faisais rire en imitant le dandinement de madame Noël, notre surveillante, ou

Chapitre 2

les tics de mon professeur d'anglais. Elle me confiait ses fous rires avec Margot, sa collègue préférée et ses difficultés avec Sandrine, sa directrice. Après les devoirs, je sortais mes crayons, mes gouaches et mes pinceaux, et je commençais à peindre. Elle me donnait des conseils, m'aidait parfois dans un tracé difficile ou se contentait de prendre un gros roman et de lire à côté de moi.

Avec l'arrivée de Malco, tout a changé.

Malco. Malco comme mal. Malco comme malédiction. J'ai l'impression que ce seul nom recouvre nos vies d'un voile de malheur.

– Ma Lune, soupire maman en prenant ma main.

Elle ne dit rien de plus, mais je comprends. En réponse, je serre ses doigts entre les miens. Elle se lève, embrasse ma joue et commence à débarrasser. Quand j'étais petite, elle me chantait souvent une comptine qui commençait par des baisers, se terminait en chatouilles et me faisait rire aux éclats :

Lune et l'Ombre

Beau front
(un bisou)
Beaux yeux
(un deuxième bisou)
Nez cancan
(encore un)
Bouche d'argent
(et un autre)
Menton fleuri
(le dernier)
Guili-guili-guili

On a arrêté ce jeu il y a quelques années, parce que je suis trop grande ou qu'on a oublié. Maintenant, je voudrais pouvoir recommencer.

Pour aller chez Marie, il faut traverser deux rues bordées de platanes aux troncs ardoise, grimper dans le bus n° 14 et descendre à la station Louise Farrenc. Comme je n'ai jamais effectué ce trajet avant de perdre

Chapitre 2

mes couleurs, je n'ai aucun regret. J'arrive même à me convaincre que ce qui m'arrive n'est pas réel, que je me suis égarée dans un vieux film en noir et blanc. Assise en face de moi, maman garde les yeux rivés à l'extérieur. Comme si elle voulait s'évader.

De cette vie ? De ma présence ? Je n'ose pas lui demander. J'ai peur de sa réponse. Je l'imite, et tente de retrouver le fil de mon rêve éveillé. En vain. L'absence de maman, alors même qu'elle est si proche, m'en empêche, me cloue sur mon siège. Je la regarde à la dérobée. Noire, blanche, grise. Privée de vie. Pareille à une poupée.

Quand nous arrivons devant l'immeuble – quatre étages de pierre, une porte sombre, des plaques luisantes indiquant les noms des différents spécialistes du cabinet médical –, la pluie commence à tomber.

À l'intérieur, la salle d'attente est vide à l'exception de la secrétaire, à l'accueil, et d'une vieille dame qui dodeline de la tête en feuilletant un magazine écorné. Je m'installe sur une chaise, fouille sur la table basse en quête de la revue que je lisais la semaine dernière.

Lune et l'Ombre

Soudain, je me fige.

Une chevelure de flammes. Des vêtements orangés, auréolés de lumière.

Les teintes sont vives, éclatantes, presque agressives. Je bats des cils, regarde maman – elle est grise. Je reporte mon attention sur l'image – elle vibre de couleurs. Les mains tremblantes, je m'empare du prospectus. J'examine attentivement la peinture : c'est une fille du feu, dont les mèches rouges s'élèvent vers le ciel crépusculaire. Autour d'elle, des personnages figés dans une écorce gris-vert. En légende, les noms de l'œuvre et de sa créatrice : *La Llamada*. Remedios Varo. *Llamada*, je ne sais pas ce que cela signifie, mais cela sonne comme lumière.

J'ouvre le dépliant. À l'intérieur, d'autres reproductions, plus ternes celles-ci. Et une légende :

Femmes peintres des XIXe et XXe siècles

Les génies oubliés

Du 09 septembre au 09 janvier

Musée Marmottan-Monet

Chapitre 2

– Qu'y a-t-il, ma Lune ?

– Ce tableau… Je le vois tel qu'il est. Je le vois vraiment…

Bouleversée, maman me serre contre son cœur, incapable de contenir ses larmes. Elle embrasse mes cheveux, presse sa joue humide contre mon front. Elle tremble un peu, ne parle pas. Peut-être parce qu'elle ne sait quoi dire.

Peut-être parce ce qu'elle a peur de ma réponse, aussi ? Parce qu'elle veut croire, le plus longtemps possible, que je suis guérie ?

Chapitre 3

Les flammes de *La Llamada* se sont ternies. Pourtant, elles n'ont pas complètement disparu : sur le chemin du retour, je parviens encore à distinguer leurs nuances. En arrivant à la maison, de petites taches orangées s'accrochent à la longue robe et au châle de la jeune fille. Quand je la regarde, j'ai l'étrange sentiment qu'elle lève sa tête de papier vers moi et m'appelle.

Pour la première fois depuis des mois, je m'installe à mon bureau et je sors ma boîte d'aquarelles, mes crayons et mes pinceaux. Je peins sans couleur, mais je connais l'emplacement de chaque godet et les noms sont écrits dessous. J'essaie de copier la mystérieuse porteuse de lumière, espérant recréer le moment enchanté de l'après-midi ; la feuille devant moi et le dépliant demeurent obstinément ternes.

Je dois me rendre au musée Marmottan.

J'y trouverai la clef du mal qui me prive peu à peu de mes sens et de mes liens avec la vie. Peut-être même un remède. Mais Paris est loin, et nous n'avons pas beaucoup d'argent. Malgré cela, maman a proposé d'organiser une expédition dans la capitale, samedi. Tous les trois. Je ne veux pas de Malco. Je ne veux pas qu'il vienne avec nous et gâche notre journée. Et puis, je suis sûre que s'il est là, tout sera fade, indistinct. Il trouvera le moyen de me faire passer pour une gamine capricieuse ; maman se taira parce qu'elle l'aime et que Malco en fait ce qu'il veut.

La porte claque. Il est de retour. Son sac heurte le plancher ; lui, se laisse bruyamment tomber dans le canapé.

Chapitre 3

– Sers-moi un verre.

Pas « s'il te plaît ». Aucun mot tendre. Jamais. Des ordres, des grommellements quand il est de mauvaise humeur, comme ce soir. Comme souvent. J'entends le bruit d'une bouteille qu'on débouche, le glouglou du vin versé, puis le pas, un peu hésitant, de maman.

– La journée a été difficile ?

– À ton avis ?

Timbre rauque, ton agressif. Maman ne répond pas, s'affaire derrière le comptoir de la cuisine. Je perçois le son mat de son couteau heurtant la planche à découper. Qu'allons-nous manger ce soir ? Je me lève, curieuse, jette un regard à mon dessin inachevé.

Le trait est hésitant, l'ensemble, inconsistant.

Le gris le tue. Le gris *me* tue.

J'hésite à prendre avec moi le prospectus de l'exposition. Je le caresse du bout des doigts, m'en détourne résignée. Ce n'est pas le bon moment pour aborder le sujet.

Je rejoins maman. Elle a fini de préparer les légumes,

sort en silence un morceau de poisson crayeux, ôte les arêtes et la peau, le coupe en cubes réguliers. Allongé sur le sofa, son verre à la main, une bouteille de rouge posée à côté de lui, Malco l'observe. Que cherche-t-il ? Que lui veut-il *vraiment* ? Impossible de deviner ce qui se dissimule sous ses longs cils.

– Besoin d'aide ?

– Oui, ma Lune. Tu peux mettre le couvert.

À trois, nous mangeons sur la table basse. Je suis obligée de passer près de Malco pour poser les assiettes et le pain. Pour une fois, je suis presque heureuse que mes sens s'émoussent : je déteste les relents de tabac, de transpiration et d'alcool qui émanent de lui.

– Alors, Lune, quoi de neuf ? demande-t-il, croisant ses grands bras noueux sur sa poitrine.

– Rien.

– Rien ? Ça n'existe pas, rien.

Je hausse les épaules ; il attrape mon bras, me scrute de ses yeux noirs et mauvais.

– T'as bien quelque chose à raconter, Lune ?

Chapitre 3

Maman hoche la tête avec un soupir. Elle a accepté la dérangeante faculté avec laquelle Malco s'immisce dans notre quotidien et devine lorsque nous lui taisons quelque chose. Elle veut éviter une dispute, me demande d'un regard de lui répondre.

– On est allées voir Marie, aujourd'hui.

– Elle n'a toujours pas trouvé ce qui clochait chez toi, j'imagine ?

– Malco, proteste faiblement maman, tu sais bien que ça prend du temps…

– Du temps et de l'argent, c'est sûr ! coupe-t-il. Et tout ça pour quoi ?

– Malco, s'il te plaît, reprend-elle. Nous avons déjà eu cette conversation plusieurs fois…

Vingt fois. Cent fois. Et cela se termine toujours de la même manière : une dispute, une porte claquée, le visage défait de maman et le reproche quand ses yeux rougis se posent sur moi. Je crois que c'est ce que cherche Malco, en provoquant ces éclats. Creuser l'écart qui nous sépare. L'avoir rien que pour lui.

– J'ai réussi à voir en couleurs, aujourd'hui.

Je ne voulais pas le dire, pas ce soir, mais je ne veux pas entendre leurs cris, je ne veux pas que maman pleure. En noir et blanc, ses larmes teintées de mascara ressemblent à des traînées de cendres.

Malco me lâche et me jauge, sourcils froncés. Longtemps. Comme si mes mots l'avaient figé. L'espace d'un instant, j'ai l'impression que des volutes d'ombres s'échappent de lui. Il s'ébroue, elles se rétractent. Je recule, me réfugie près de maman. Lentement, il tourne la tête vers nous.

Malco n'est pas humain. Cela me glace, me noue le ventre.

Malco n'est pas humain, et maman ne le voit pas. Elle lui sourit, tourne le dos pour faire revenir les légumes, me laisse seule face au puits de ses prunelles. Je voudrais disparaître dans un trou de souris, échapper à ce feu noir, mais j'en suis incapable.

– Alors comme ça, tu as vu des couleurs…

Sa voix grave s'enroule autour de moi, resserre des

liens invisibles. Mon sang se retire, mon cœur bat plus vite. J'ai peur. Je ne peux rien faire. Même pas crier. À quoi bon ? Et qui me croirait ?

– Un dépliant, chez la psychologue.

Portant le plat, maman se dirige vers nous.

– Justement, dit-elle en servant Malco, nous pensions t'en parler.

– Me parler de quoi ?

Les fils fantomatiques qui me paralysaient disparaissent. Maman me fait signe, d'un geste, de les rejoindre.

– Une œuvre exposée dans un musée parisien semble avoir eu un effet bénéfique sur Lune. Pendant plus de deux heures, elle a pu voir cette reproduction comme avant, tu imagines ? Alors, on se disait que cela pourrait être bien d'y aller tous ensemble, samedi prochain par exemple. On partirait tôt, on irait voir ce tableau et l'après-midi, après avoir pique-niqué, on pourrait monter au sommet de la tour Eiffel.

– Non.

– Mais Malco…

– J'ai dit : non.

Sa voix grince et griffe, ses doigts saisissent son poignet, le tordent violemment. Maman se mord les lèvres avec un gémissement de douleur, pique du nez dans son assiette, vaincue sans même avoir cherché à combattre. Entre ses mains, elle n'est plus qu'une marionnette, à présent. Il l'a privée de sa volonté, de son âme. De son amour pour moi.

Je le hais.

Je cache mal mes sentiments.

Il s'en aperçoit, esquisse un sourire de triomphe. Ses prunelles brillent d'un feu noir, malveillant. Il a gagné. Maman est toute à lui, à présent. Moi, je suis un obstacle, un grain de sable gris qu'il faudra tôt ou tard éliminer. Que va-t-il faire ? Prétendre que je suis folle et m'envoyer dans un hôpital pour le restant de mes jours ? À moins qu'il ait raison, à moins que tous aient raison – les médecins, la psychologue, maman. Je ne vois plus les couleurs parce que je le rejette. Je vois en lui un monstre parce que je le déteste.

Chapitre 3

Et l'ombre qui me hante n'est qu'une hallucination.

Cette seule idée me donne la nausée. Je repousse mon assiette.

– Je… Je n'ai plus très faim.

– Mais tu n'as pas mangé la moitié de ton poisson, Lune, murmure maman. Ce n'est pas très raisonnable.

– C'est vrai, Lune. Ce n'est pas très raisonnable, répète Malco, sarcastique. Sans compter qu'il y a plein d'enfants qui rêveraient de manger ça !

Si je réponds, ce sera pire. Surtout ce soir, où il a décidé de nous faire souffrir, maman et moi. Alors je me force à obéir, mais chaque bouchée me coûte et sa présence me pèse terriblement.

Au dessert – des chocolats liégeois –, maman tente encore de le convaincre.

– Pourquoi refuses-tu de venir à Paris avec nous ? Ce serait l'occasion de passer une journée en famille. Si tu préfères, nous irons seules, ajoute-t-elle, ployant sous son regard, tu pourras écrire sans être dérangé.

– Personne n'ira à Paris, gronde-t-il, posant brutalement

son verre vide sur la table. Personne ne s'en ira d'ici. Personne. Ni toi ni moi ni elle !

– Malco…

Il l'interrompt d'une gifle, se dresse de toute sa taille au-dessus d'elle, l'enveloppe de sa grande silhouette sombre. Il attend un peu, puis se penche vers elle et caresse sa joue avec douceur.

– Je suis désolé, Lili, susurre-t-il. Je ne voulais pas te faire mal. Mais c'est difficile, pour moi, en ce moment. Et ton obstination…

Maman renifle un peu avant de hocher la tête, définitivement vaincue. Elle n'évoquera plus l'excursion parisienne. Le sujet est clos.

La fille d'or et de feu me sourit et me tend la main. Je m'élance sur un sentier étroit, bordé de fleurs rouges et jaunes. Je cours, et pourtant je n'ai pas l'impression d'avancer. Au départ, je crois qu'elle s'éloigne, comme pour jouer, mais je réalise soudain que ce n'est pas cela : c'est moi qui recule, tirée vers l'obscurité par des filaments d'ombre…

Chapitre 3

Je me réveille en sursaut.

Pas besoin de réfléchir pour saisir le sens de ce rêve. Si je reste ici, je ne guérirai jamais. Malco m'en empêchera.

Je dois fuir.

Sinon, l'ombre finira par me dévorer.

Chapitre 4

J'hésite toute la matinée, seule dans le gris de l'appartement – gris clair, gris ardoise, gris-brun –, incapable de me décider à fuir. Mon anorak est posé sur le dossier de la chaise. Dans la poche intérieure, le prospectus du musée Marmottan-Monet et mes économies : les étrennes de Noël, l'argent de la souris des dents, celui de mes dix ans. Je les rangeais soigneusement dans ma tirelire pour m'acheter, un jour, un vrai matériel d'artiste : chevalet, toiles, peinture à l'huile.

Mais à quoi bon, si je ne peux voir, si je ne peux *vivre* ce que je veux créer ?

Lune et l'Ombre

Mon sac est prêt, posé contre le comptoir de la cuisine. J'y ai rangé mon ours en peluche, mon pull préféré, autrefois bleu, désormais cendré, un carnet de dessin et des crayons papier, une gomme, un vieux guide de Paris volé sur les étagères.

Maman ne rentrera pas déjeuner, aujourd'hui. Quant à Malco, il travaille à l'autre bout de la ville et ne peut rien contre moi. Du moins, pour l'instant.

Les cloches de l'église sonnent midi.

C'est le moment.

Après, il sera trop tard. Le soleil disparaît vite à cette période de l'année. J'ai peur des ombres. Peur qu'elles me retiennent, m'avalent, me tuent. Et puis, Malco pourrait rentrer plus tôt, aujourd'hui. Si le temps se couvre, si le chantier se termine, s'il devine…

Vite, j'enroule une écharpe autour de mon cou, j'enfile mon blouson, j'attrape mes affaires et, le cœur battant à tout rompre, je quitte l'appartement. Les marches grincent sous le tapis élimé. À chaque palier, je m'arrête et j'écoute, terrifiée à l'idée de m'être décidée

Chapitre 4

trop tard. Mais je parviens sans encombre au rez-de-chaussée. Dans le hall d'entrée, je croise madame Aubourg et sa petite chienne blanche. Je salue notre vieille voisine, caresse Finette qui se tortille et frétille, ravie de me voir puis, rassérénée par cette rencontre, je sors de notre immeuble. Dehors, ciel sans couleur, sans nuage ; un vent froid souffle entre les façades, balayant les feuilles mortes, ternes comme l'asphalte du trottoir et les troncs des platanes. Je prends la direction de la gare, le visage à demi-dissimulé par mon cache-nez. Je fais bien attention de traverser avec d'autres piétons, capables, eux, de distinguer le rouge et le vert des feux. J'atteins la station de tramway, m'assieds sur le bout d'un banc occupé par un couple d'amoureux. Je me sens un peu gênée d'être à côté d'eux, mais ils sont tellement occupés à s'embrasser qu'ils ne se sont même pas rendu compte que j'étais là. La rame arrive, blanc sale et acier, avec un nez arrondi. J'achète un ticket, m'installe sur une banquette décrépite, près de la fenêtre. Une sonnette tinte, les portes se referment bruyamment. Je me détends, m'aperçois soudain que, jusqu'alors, j'osais à peine respirer. Le tram m'emporte, et malgré la monotonie du paysage, rues sans relief, immeubles uniformes, passants blêmes aux vêtements couleur de bitume et de cendre, je me sens pousser des ailes. Plus tard, dans le train, je regretterai sans doute de m'être sauvée ainsi, sans prévenir maman. Mais pour le moment, je profite de cette liberté.

Sur le trajet, un jeune homme aux longues mains gantées va s'asseoir au fond, tenant contre son cœur un violon dans son étui ; deux femmes ridées aux cheveux argentés, emmitouflées dans d'épais manteaux ardoise, montent en se tenant la main et s'assoient, serrées l'une contre l'autre, échangeant des chuchotements complices ; une fille plus âgée que moi grimpe dans le wagon. Mon ventre se noue ; une peur sourde monte en moi. Avec son visage blafard, ses vêtements de velours charbonneux, elle me fait penser à Malco. Je remonte mon écharpe, je rajuste le col de mon anorak et me rencogne contre la vitre, croisant

Chapitre 4

les doigts pour qu'elle ne me prête pas attention. Ses bottes crissant contre le sol caoutchouteux, elle se dirige lentement vers moi, ralentit en arrivant à ma hauteur. Malgré mes sens émoussés, je reçois de plein fouet son parfum douceâtre, à la fois désagréable et entêtant. Cela m'écœure, mais je n'ose pas bouger, pas même pour retenir mon souffle. Enfin, elle poursuit son chemin, va s'asseoir dans le fond, près du musicien. La menace est passée, mais durant tout le trajet, je me sens épiée – comme si l'ombre qui me poursuit, l'ombre de Malco, avait trouvé à s'incarner.

L'horloge de la gare indique presque treize heures quand je descends du tramway.

Je me précipite : je suis sûre qu'à l'intérieur, je serai en sécurité. Loin de ce qui me poursuit. J'esquive une voiture, un homme gris encombré d'une valise et pénètre dans le hall d'accueil. Murs ternes et sales, tableaux d'affichage en noir et blanc. Je regarde les départs : pour Paris, le prochain n'est qu'à seize heures trente-cinq. Juste avant le coucher du soleil. Juste avant que maman ne revienne du travail. Et Malco ? C'est idiot d'avoir peur : il ne rentrera pas avant le soir, il ne peut pas savoir. Une part de moi, rationnelle, impatiente d'acheter le billet et de se mettre au chaud en attendant le train, essaie de me rassurer. Malco n'est qu'un écrivain égoïste et raté, qui boit trop, me déteste et tente d'avoir maman pour lui seul. C'est suffisant pour en faire un monstre, mais pas celui qui me traque et me transforme peu à peu en statue. Mon instinct, cependant, refuse cette explication. Mon instinct a compris que Malco et l'ombre sont liés, que Malco et l'ombre ne font qu'un – que s'il apprend où je suis, il fera tout pour me rattraper.

J'ai acheté mon billet.

J'ai regardé les magazines : sur la couverture d'une revue d'art, *La Llamada* de Remedios Varo. Éclaboussures d'or et d'orangé, flammes rousses. Je suis restée longtemps en arrêt devant le cliché – jusqu'à ce

Chapitre 4

que le marchand de journaux me tape sur l'épaule, me faisant sursauter. « Soit tu l'achètes, soit tu t'en vas. J'aime pas avoir des mioches dans les pattes. » J'ai préféré partir. De toute façon, les couleurs commençaient à s'estomper.

J'ai bu un chocolat chaud mousseux et trop sucré. J'ai sorti mes crayons et mon carnet à dessins. J'ai commencé à esquisser les portraits des gens installés dans le café : cendre, blafard, anthracite, plomb, fer, clair. Leurs visages finissaient par se fondre dans une mer de gris, nasse sinistre dans laquelle je ne distinguais même plus de nuances. J'ai arrêté.

Le jour s'est mis à décliner.

Les gens qui patientaient, comme moi, au bord de la voie C, paraissaient plus sombres, plus inquiétants. Les ténèbres ont gagné du terrain. Les lumières jaunes de la gare environnée de brume se sont allumées. Et, au moment où le train entrait en gare, je l'ai aperçu, immense et maigre, dans l'encadrement de la porte.

Malco.

Lune et l'Ombre

Le cœur battant, le corps glacé, j'ai grimpé dans un wagon, je me suis cachée dans les W.C. jusqu'à ce que la rame s'ébranle. M'avait-il repérée ? Était-ce bien lui, sur le quai ? N'avais-je pas confondu cette silhouette décharnée avec celle d'un inconnu ?

Peut-être la peur me fait-elle créer des monstres…

J'ai trouvé une place dans un compartiment, à côté d'une mère et de ses filles – Margot, huit ans, danseuse étoile en herbe et Jeanne, plus jeune, collectionneuse de gommes multicolores, déterminée à m'offrir une de celles qu'elle avait en double. Difficile d'expliquer à la petite que je ne pouvais pas choisir entre la rose et la jaune, puisque je ne distinguais pas les couleurs.

Le contrôleur est passé. Un couple nous a rejoints, puis un vieux professeur de mathématiques, très occupé à corriger des copies.

Je me sentais bien, avec eux. En sécurité.

Mais ils sont descendus les uns après les autres, Margot et Jeanne en dernier, avec un baiser mouillé et un champignon miniature en guise d'adieu.

Chapitre 4

Je suis seule. Le bruit régulier, étouffé du chemin de fer me berce. Je lutte pour rester éveillée, pourtant : si je m'endors, qui sait ce qui se passera ?

Dehors, il fait nuit. Une nuit d'encre et de peur, d'où surgissent des lueurs fantomatiques. Déchirant brièvement l'obscurité, elles révèlent des formes étranges et noires. Je discerne la silhouette d'un chien aux prunelles huileuses, aux crocs démesurés, puis celle d'un volatile décharné. Elles disparaissent chaque fois que le chemin de fer ralentit dans l'éclat froid des réverbères d'une gare. Mais elles reviennent. Inlassablement. Au début, j'ai voulu croire à des chimères.

Désormais, je sais qu'elles me poursuivent. Je sais qu'à la première occasion, elles tenteront de s'emparer de moi. Le train ralentit avec un grincement, s'immobilise au milieu de nulle part. Aussitôt, le molosse se précipite vers moi, heurte la fenêtre. Je bondis en arrière, étouffant un cri. Le corbeau pique vers la vitre, se dissout dans la lumière avant de l'avoir traversée.

Lune et l'Ombre

Tremblante, les jambes en coton, je saisis mon sac et me rue hors du compartiment.

Je cours de cabine en cabine : toutes sont désertes, et dans les ténèbres, les créatures me traquent toujours.

Quand j'arrive au wagon-bar, essoufflée, le serveur et les quelques passagers, hommes gris occupés à lire le journal en buvant un soda ou un verre de vin, me contemplent avec curiosité.

Je souris, un peu gênée, puis sors mon guide de Paris, commande une tasse de café.

Je n'aime pas ça, mais je n'ai pas le choix.

Pour lutter contre les ombres, je dois rester éveillée jusqu'à l'aurore.

Chapitre 5

Mêlée aux autres voyageurs, je longe le chemin de fer. Les arcades métalliques de la gare de Lyon ressemblent à des ronces noirâtres, qui disparaissent dans l'obscurité de la toiture. Je baisse la tête, me hâte vers la lumière gris clair du hall.

Aucune envie de voir ce qui se cache là-haut. Plusieurs personnes me bousculent, pressées de quitter les lieux. Des gens patientent à proximité du panneau où sont affichés les horaires et le numéro des voies. Au fond de la salle, un double escalier métallique mène au restaurant du *Train bleu* : à la porte, un chasseur en livrée. En dessous, une brasserie où sont attablés d'autres voyageurs, la plupart encombrés de valises.

Impression soudaine d'être observée.

Je me retourne. Rien, en dehors des ombres, près des rails.

Je passe le seuil du café, j'esquive un serveur qui me lance un regard mauvais, je trouve une petite table ronde, loin de l'entrée. Autour de moi, les conversations semblent un bruissement indistinct, d'où s'échappent parfois un mot, un rire.

– C'est pour manger ?

Un garçon à la moustache épaisse et au nez trop court me toise, sourcils froncés. Je secoue la tête.

– Je veux juste boire quelque chose de chaud.

– Alors vous pouvez pas rester ici. Installez-vous de ce côté, grogne-t-il, me désignant du menton la vitrine et l'extérieur.

Je me lève, trop abasourdie pour protester.

Et je le vois. Malco, silhouette noire et fantomatique, immobile au milieu des bancs.

Chapitre 5

Je me frotte les yeux, croyant encore à un tour de mon imagination. Mais non. C'est bien lui. Il ne m'a pas encore remarquée, mais…

Que fait-il ici ? Réponse évidente. Il me suit.

Je me rassois, les jambes en coton.

– Excusez-moi, monsieur…

– Quoi ?

– Je crois que je vais commander quelque chose en plus.

Il pose brutalement la carte devant moi, croise les bras sur sa poitrine.

Je regarde les plats : blanquette de veau, onglet, steak ou saucisses-frites. Tout en bas, je repère les croque-monsieur, les croque-madame et les Poîlane.

– Alors ?

– Je vais prendre ça, dis-je, posant mon doigt sur le premier. Et un café.

Je sors mon porte-monnaie et compte l'argent qu'il me reste. J'ai moins dépensé que je le craignais, mais à ce rythme, mes économies ne vont pas faire long feu.

Voyons : je dois prendre le métro, manger, payer l'entrée du musée et celle de l'exposition, en garder assez pour rentrer à la maison. Mon cœur se serre à la pensée de maman. Elle doit être inquiète. Il faudrait que je lui téléphone pour la rassurer. Cependant, j'ai peur de ce qui se passera si je l'appelle. J'ai l'intuition que je dois accomplir seule ce voyage, que ma vie en dépend.

N'empêche. Elle me manque, maman. Elle me manque depuis que Malco est entré dans notre vie. Depuis qu'il a tout piétiné, sali, brisé.

Il est ici pour moi. Pourquoi ? Il a eu ce qu'il voulait, non ? Maman est à lui. Sauf si cela ne lui suffit pas, sauf s'il veut s'assurer que plus jamais je ne m'immisce entre eux. Non. C'est autre chose. Mais quoi ? Mes pensées sont confuses, fragmentées par des éclats de souvenirs – les filaments de ténèbres qui se sont échappés de lui, maman plus lointaine de jour en jour, sa main sur mon épaule, ma maladie…

Le garçon apporte ma commande – carré gris clair zébré d'anthracite sur assiette blanche, mousse terne dans une tasse –, et glisse l'addition sous mon verre d'eau.

Le mélange brûlant de fromage, de jambon et de crème laisse sur mon palais une saveur aigre-douce. Je me sens bien ici, à l'abri, protégée par la lumière et la chaleur, par la présence des gens et le va-et-vient incessant des serveurs. Je mange lentement, m'efforçant de garder le souvenir de chaque bouchée – juste au cas où. Cela me permet de réfléchir à ce que je vais faire pour tenir toute la nuit. Contre les ténèbres, il me suffit de chercher le soleil et la vie. Malco est un être de chair et de sang.

Pourtant…

La dernière fois que je l'ai vu, il se trouvait dans la gare, et moi, deux voies plus loin. Comment a-t-il pu savoir que j'étais dans le train ? Comment a-t-il fait pour y grimper ? Pour moi, il n'y a que deux explications possibles. La première, c'est que je le déteste au point d'en être obsédée et que je le vois partout. La seconde, c'est que depuis le début, Malco et les ombres ne font qu'un.

Tremblante, je me retourne discrètement vers l'entrée, scrute le hall de gare : il a disparu. De nouveau, je doute. Et si quelque chose clochait réellement chez moi ?

Je termine mon croque, j'avale d'un trait mon café. Je voudrais rester, mais j'ai peur d'attirer l'attention sur moi. Les gens pourraient croire que je suis une fugueuse. Appeler la police. En profiter. J'ai entendu tellement d'histoires sur des filles un peu perdues, montées à la capitale pour devenir chanteuses, actrices, ou simplement s'amuser, qui ont fini sur le trottoir, battues par leur homme ou mortes dans un caniveau !

Je ne suis pas l'une d'elles.

Tout ce que je veux, c'est retrouver mes couleurs.

Ma vie.

La gare est vide, à l'exception de quelques vagabonds endormis le long d'un mur ou d'une colonne, et des rares passagers attendant l'arrivée des derniers trains. Je m'installe sur un banc, non loin d'un vieux clochard

Chapitre 5

veillé par ses deux chiens, des bâtards aux oreilles tombantes, au regard noir et doux. Malgré leur présence, je ne me sens pas à l'aise dans ce hall immense. La lumière grise est sinistre et les ombres, du côté des rails, sont de plus en plus denses. Blottie dans mon anorak, dissimulée par mon cache-nez, je les observe du coin de l'œil. J'ai l'impression qu'elles respirent et se meuvent, pareilles à de grosses limaces de ténèbres. Je détourne les yeux, grelottant de dégoût et de froid, ne peux m'empêcher de les regarder de nouveau.

Soudain, je sens une présence derrière moi. Est-ce lui ?

Fermer les poings, les paupières, ne pas respirer, espérer qu'il partira, s'effacera comme un mauvais rêve – mais non. Il est toujours là, dans mon dos. Je n'ose pas bouger quand, lentement, il s'approche. Les deux corniauds se dressent sur leurs pattes. L'un d'eux remue la queue et s'assied, langue pendante, sur son arrière-train.

Ce n'est pas Malco.

Je lève la tête, soulagée et découvre un homme aux cheveux blêmes, qui flotte dans des vêtements sombres et sales. Presque un fantôme.

– Qu'est-ce que tu fiches ici, la môme ? siffle-t-il d'une voix sourde. T'es perdue ?

– Non. Je… Je cherche juste un endroit où me reposer.

– Tu t'es enfuie, c'est ça ? Ben je vais te dire une chose, tu ferais mieux de prendre le premier train qui te ramènera vers ta cambrousse, et d'oublier Paris. Crois-moi, la môme, tu trouveras rien de bon pour toi, ici. T'es bien trop mignonne avec tes yeux bleus et ta frimousse de chat. Les gens feront qu'une bouchée de toi.

Son compagnon se retourne, grommelle quelque chose dans son sommeil, rabat sa couverture rapiécée sur lui.

– Mais je peux quand même rester pour cette nuit ?

Il n'a pas le temps de répondre. Les bêtes se mettent à grogner, babines retroussées, poil hérissé sur le dos. Brusque envie de vomir. Genoux tremblants. Corps

Chapitre 5

de plomb. Je me retourne lentement. Émergeant de l'obscurité, une silhouette familière se dirige vers nous.

Malco.

Il n'est jamais parti, me guettait afin de me piéger.

– Qui c'est, celui-là ? déglutit le fantôme, inquiet.

– L'homme qui me traque, réponds-je dans un souffle.

Je me lève, je recule, cherche des yeux, affolée, une issue, une arme, un refuge – en vain. Où que j'aille, Malco me barrera le chemin. Il le sait, avance vers moi sans se presser, un rictus mauvais tordant ses traits acérés.

Et soudain, les chiens se ruent sur lui en grondant. Bondissent, si vite qu'il n'a que le temps de lever les bras pour protéger sa gorge. Il bascule en arrière. Près des quais, les ombres s'agitent, impuissantes à l'aider.

C'est ma seule chance. Si j'hésite, il sera trop tard.

Je tourne les talons, me mets à courir. Je traverse une salle, glisse sur le sol lisse, me rattrape comme je peux, débouche à l'extérieur. Ignorant la morsure du froid, je continue, je dérape sur la neige et tombe derrière une berline.

Je me relève, dévale un escalier.

Ça y est, je suis dans la rue. Dans la nuit, les phares des voitures semblent d'énormes yeux blafards. Je regarde les feux – impossible de distinguer leur couleur, mais celui du haut s'allume au moment où je lève la tête.

Je m'élance et traverse la chaussée boueuse. J'arrive près d'un café – le rideau ferme au moment ou j'atteins le trottoir.

Courant d'air glacial. Malsain.

Malco n'est pas loin.

Sans oser me retourner, je reprends ma course. Devant moi, illuminé par un pâle halo, l'ange de la Bastille. Dans le guide, j'ai lu qu'il changeait de pied d'appui, chaque soir à minuit. Ce n'est qu'une légende, mais si les ombres existent et me poursuivent, qui sait ? Peut-être peut-il vraiment bouger ? J'allonge mes foulées. Je file vers lui avec l'espoir insensé qu'il pourra me protéger.

Passer une rue. Esquiver de justesse un taxi. Accélérer. Ignorer les muscles qui tirent, les poumons en feu.

Chapitre 5

Malco est derrière moi, se rapproche.

Enfin, j'atteins la place. L'ange de la Bastille ne me vient pas en aide, mais j'aperçois la lumière d'un café ouvert. Des noctambules en sortent, s'enfoncent dans la rue attenante, illuminée par les décorations de Noël.

J'avais oublié. Plus que quelques semaines avant le réveillon.

Ma gorge se serre. Des souvenirs d'avant jaillissent, en noir et blanc. Envie de pleurer. Je me reprends à temps pour échapper aux longs doigts de ténèbres qui tentent de saisir mon épaule. Je me précipite vers la foule, je frôle un couple enlacé, je traverse une dernière fois – la main d'ombre me rattrape, agrippe mon épaule.

Je me débats – me fige.

Devant moi, lancée à pleine vitesse, une voiture.

Chapitre 6

J'attends la mort, pétrifiée par la terreur.

Les souvenirs, les pensées, les images se bousculent dans ma tête. Les Noëls passés, ceux que je manquerai, le visage de maman, sa voix, ses mots, « ma Lune », « ma petite Lune », nos fous rires, ma dernière peinture : un chat roux perché sur un toit d'ardoises, le goût du croque-monsieur, celui de la mousse au chocolat, l'ombre…

Brutalement tirée en avant, je bascule tête la première sur la chaussée. Je me redresse à quatre pattes, secoue la tête, sonnée. Accroupie en face de moi, une jeune femme me regarde avec inquiétude.

– Qu'est-ce qui t'a pris de traverser comme ça ? Tu as failli te faire écraser !

Je lance un coup d'œil derrière mon épaule. Le chauffeur a pilé. Il s'apprêtait à descendre de sa voiture, mais constatant que je ne suis pas blessée, démarre doucement. De l'autre côté, Malco a disparu, effacé par l'obscurité.

– Quelqu'un me suivait.

La jeune femme scrute la pénombre, sourcils froncés, mais ne voyant rien, m'aide à me relever.

– Tu n'as qu'à rester avec nous un moment. Il n'osera pas s'en prendre à toi.

Ses amis, deux garçons et une fille d'une vingtaine d'années, nous entourent.

– Tu n'es pas d'ici, n'est-ce pas ? reprend-elle.

– Tu as fugué ?

– Théo…

– Quoi ? se défend celui-ci, passant une main gantée dans ses cheveux sombres, ébouriffés. Vous n'y avez pas pensé, peut-être ?

Chapitre 6

Ils me regardent, un peu gênés. Ne savent que faire de moi à présent. Je me mords les lèvres, décide de prendre les devants.

– Je m'appelle Lune. Et vous ?

Ils se nomment Ève, Théo, Matis et Gaëlle. Ils se sont concertés un moment, puis ont décidé de m'emmener. Dix minutes plus tard, j'ai passé le porche ovale et la grille de *La Chapelle des Lombards*. J'ai commandé un Coca, eux, des sangrias. Ils se sont installés au fond d'une salle tout en longueur. La musique, tempo rapide, rythmes entraînants, nous parvenait depuis la piste, de l'autre côté de la cloison. Ils sont allés danser. Moi, j'ai observé un moment les clients noir et blanc accoudés au comptoir ou pressés les uns contre les autres sur des banquettes étroites. J'ai songé à sortir mes crayons, mais j'étais trop fatiguée pour dessiner. Alors, je me suis blottie dans un coin et j'ai fermé les yeux. Malgré la musique et le brouhaha, je me suis endormie.

Un barman fatigué me tire du sommeil. Il a les yeux comme deux billes rondes et grises, les joues creuses, ombrées de barbe.

– Je t'ai laissée te reposer parce que tu avais l'air vraiment épuisée, mais je dois fermer, maintenant : il va bientôt être huit heures. Je ne peux pas te garder plus longtemps.

Je regarde autour de moi, triste et perdue. Gaëlle, Matis et les autres sont partis, m'oubliant dans ce bar désert et froid.

– Va te rafraîchir, si tu veux, ajoute-t-il. C'est par là.

Il m'indique la direction des toilettes. Je hoche la tête en silence, traverse la pièce déserte et pousse une petite porte. Face à moi, un lavabo surmonté d'un miroir moucheté de noir. Je m'approche, j'examine mon teint crayeux, mes iris délavés, mes cheveux pâles et emmêlés. J'ai l'impression d'être irréelle, une marionnette dans un décor de papier. Je passe de l'eau sur mon visage, mets un peu d'ordre dans ma coiffure et retourne dans la salle.

Chapitre 6

Un grand café et deux tartines beurrées m'attendent à l'extrémité du comptoir.

– Je me suis dit que cela ne te ferait pas de mal…

– Merci, dis-je en un murmure, versant du sucre et du lait dans la tasse bouillante.

Quand je sors, l'aube pointe à peine et les flocons virevoltent, blancs et brillants sous les lampadaires. Je marche vers la place de la Bastille, passe devant un grand café, m'arrête subitement.

Pourquoi ne puis-je me rappeler la transpiration des danseurs et les effluves d'alcool, les relents d'urine et d'eau de javel dans les W.C., le fumet âcre et chaud du café ? Je lève le nez, renifle.

Aucune odeur.

Ma tête tourne. J'ai envie de vomir. D'abord, la vue. Et maintenant…

J'avise une cabine téléphonique, je m'y précipite, décroche le combiné. Le repose. Je m'apprêtais à appeler maman, mais à quoi bon, sinon la rendre aussi malheureuse que moi ? Des larmes coulent sur mes joues, se perdent dans mon écharpe ; elles sont tièdes et salées. Au moins, il me reste l'ouïe, le goût et le toucher. Plus pour longtemps, je le devine. J'inspire profondément, manque de m'étouffer. Je n'ai *rien* senti et, pendant un bref instant, j'ai cru que je ne respirais plus.

J'essuie mes yeux.

Pleurer ne sert à rien. Pleurer ne me rendra ni les couleurs ni les parfums.

Je quitte l'abri translucide, grelottant de peur et de froid, puis m'engouffre dans la bouche de métro. La chaleur, à l'intérieur, me surprend. J'achète quatre tickets au guichet, demande comment rejoindre le musée Marmottan. Je montre l'adresse imprimée sur le prospectus. En réponse, l'employé me donne un plan sur lequel s'entrelace un fouillis de lignes grises sur fond blanc.

– Neuilly jusqu'à Franklin D. Roosevelt, puis Pont de Sèvres et tu descends à La Muette. Ligne jaune et ligne verte, ajoute-t-il, agacé par mon air perdu.

Chapitre 6

Inutile d'insister.

Je m'éloigne et tente de me repérer dans les couloirs carrelés où afflue, souvent pressée, parfois maussade, une vague qui m'entraîne, me perd, me bouscule. Je parviens néanmoins à retrouver mon chemin.

Des escaliers me mènent sur un quai à ciel ouvert.

Il neige toujours.

Les gens sont entassés le plus loin possible des flocons. Une rame surgit du tunnel. Les portes s'ouvrent, laissant passer une horde indistincte de bonnets, de manteaux et de chapeaux. Je me faufile à l'intérieur d'un wagon, me retrouve plaquée contre la vitre. Le train s'enfonce dans le tunnel.

DUBO – DUBON – DUBONNET, lettres blêmes, anciennes, à peine visibles. Paquets de câbles noirâtres, semblables à de longs tentacules. Crépitements.

Déjà, il s'arrête à la station suivante.

Repart.

Lumière. Ténèbres. Lumière. Ténèbres.

Et soudain, je les vois.

Ni chien ni oiseau : cette fois, les ombres ont pris la forme de longs serpents et de rats. Malco m'a retrouvée.

Je ravale la terreur qui me hérisse la nuque, tente de me glisser au milieu des voyageurs. Si je disparais, ces monstres ne sauront pas que je suis encore là. J'écrase un pied, grimace une excuse, parviens tant bien que mal à me dissimuler dans la foule. Je baisse la tête, me concentre sur la fille de flammes. Elle m'a tendu la main. Elle seule peut m'aider, je le sais. Je dois la rejoindre à tout prix.

Franklin D. Roosevelt.

Je descends.

C'est difficile de résister au flot, mais je repère un panneau indiquant « Pont de Sèvres ». Au moment même où je monte les marches, je sens dans mon dos peser le regard malveillant de Malco. Je grimpe quatre à quatre, me mets à courir.

– Ça va pas, non ?

– Tu pourrais faire attention !

J'ignore les exclamations, je ne prends pas le temps de

Chapitre 6

demander pardon. Je fonce entre les gens, je me faufile, je zigzague, dérape, heurte un mur, me rattrape, me rue vers un escalier mécanique. Il monte, et moi je vais en bas. Pas de temps à perdre. Je saute à côté de la rampe, me laisse glisser sur le dos. Sur mon passage, des cris de surprise. J'atterris brutalement sur les fesses, je bondis sur mes pieds et reprends ma course. Je ralentis en arrivant sur un quai. Direction : Château de Vincennes. Je me suis égarée, mais au moins, j'ai semé Malco.

Un peu rassurée, je me mêle à la nouvelle marée humaine qui descend de la rame et j'essaie de retrouver la bonne direction. Je marche pendant quelques minutes : enfin, j'y suis. Les portes du métro se referment derrière moi.

Je me retourne, retiens un cri.

Il est à l'autre bout du wagon. Ses yeux, gouffres noirâtres, me fixent avec intensité. Un sourire mauvais étire lentement ses lèvres quand il pointe le doigt vers moi.

– C'est une voleuse ! rugit-il. Attrapez-la !

Chapitre 7

Des dizaines de regards convergent dans ma direction. Gris, noirs, blafards – tous suspicieux.

– C'est... C'est faux !

Je bredouille, je tente de reculer. Attitude de coupable, personne ne me croit. Deux passagers se rapprochent, sévères. Au même moment, la rame arrive dans une station.

Quelqu'un ouvre la porte.

Je me précipite à l'extérieur, m'arrachant d'un coup d'épaule à la main anonyme qui tente de m'arrêter. Je heurte une jeune femme, me fonds dans la foule, saute dans un autre wagon au moment où le signal de fermeture retentit. Secousse. Je m'agrippe au poteau métallique ; ma main en frôle une autre, protégée par un gant de laine. Je garde les yeux rivés sur le sol. Que faire ? Rester ici ? Me glisser dans une autre voiture ? Attendre le prochain métro ? Freinage soudain. Plongée dans l'obscurité. J'ai l'estomac noué, les genoux tremblants.

La voix du conducteur, rocailleuse, grésille dans un haut-parleur.

– Mesdames, messieurs, veuillez nous excuser pour cet incident. Nous devrions repartir dans quelques instants.

– Quel est le problème, encore ? râle quelqu'un.

– C'est toujours pareil, sur cette ligne…

Je frissonne. Je pourrai leur expliquer, moi, ce qui se passe. Leur parler de Malco, des ombres qui me poursuivent. Mais qui me croirait ? Alors je me tais, je me recroqueville, je me cache dans mon écharpe et le col de mon anorak. J'espère qu'elles ne me trouveront pas.

Chapitre 7

La lumière se rallume.

Le train se met en branle. J'ai trop chaud. J'ai l'impression d'être épiée, traquée, acculée. Par les voyageurs. Par les créatures de Malco. Je perçois le rythme effrayé du sang pulsant dans mes veines. J'entends ma respiration – un halètement affolé, impossible à réprimer. Nouvel arrêt. Trocadéro. Les passagers descendent, je me mêle à eux.

– C'est elle !

Je me retourne.

Malco m'a retrouvée. Se rue vers moi.

– Elle a volé mon portefeuille ! Arrêtez-la !

Sonnerie. Les battants automatiques se referment trop vite pour que je puisse y sauter. Je me mets à courir.

– Pas si vite, jeune fille !

Je sens la main d'un homme sur mon épaule. Pur instinct, je mords la peau cendreuse et ridée. Il me lâche aussitôt. Je veux fuir, mais cela semble impossible. Les mensonges de Malco, repris par ces inconnus sans couleur, presque sans visage, se répercutent dans les couloirs. « Voleuse ! » « Voleuse ! » « Attrapez-la ! » On me fait un croche-pied. Je perds l'équilibre, me rattrape à une fillette qui hurle en me voyant. Je suis un gibier. Un gibier acculé par des dizaines de chasseurs. Pourtant, je continue à fuir. Derrière moi, Malco se rapproche, sûr de me capturer. Un bras se tend, je me glisse en dessous. On me saisit par le col. Fauchée en plein élan, je manque de m'étouffer.

– Je la tiens !

Je me débats, je griffe, donne des coups de pieds, me jette à terre, réussis à me sauver. Pas le temps de me redresser. Je fonce à quatre pattes, crée la panique, comme si j'étais un fauve échappé d'un zoo. Derrière moi, quelqu'un est tombé. Je profite du chaos pour prendre mes jambes à mon cou. Mais pour aller où ? Le métro est un piège dont je ne connais pas l'issue.

– Psst ! Psst, par ici !

Je reviens sur mes pas, m'arrête au seuil d'un carrefour donnant sur des escaliers. Appuyée contre les carreaux blanc sale, une jeune violoniste me fait signe d'approcher.

Chapitre 7

Est-ce son geste gracieux, ses longs vêtements gris, rapiécés ? Malgré ses cheveux et ses yeux noirs, elle me rappelle la fille de flammes. Je n'ai pas le temps d'hésiter. Mes poursuivants seront bientôt là. Je la rejoins. Aussitôt, elle déploie sur moi une épaisse couverture et me force à m'agenouiller. Pesant contre moi, elle me transforme en un tas informe sur lequel elle s'appuie, puis commence à jouer.

J'ai la sensation que chaque note, plainte ou rire grinçant, coule à travers moi, emportant dans son sillage la noirceur des derniers jours.

Blottie sous la laine, je perçois l'écho de centaines de pieds sur le sol froid, j'entends le tintement des pièces dans l'écuelle d'aluminium posée devant elle. Le morceau s'achève.

– Excusez-moi…

C'est Malco.

– Vous n'auriez pas vu ma fille ? Petite et maigre, blonde, une écharpe rose vif ? Je sais, elle ne me ressemble pas beaucoup, mais…

– Je n'ai pas fait attention, désolée.

– Une fille blonde. Petite…

– Je joue les yeux fermés.

Il s'éloigne. Je parviens à isoler son pas, lent d'abord, puis plus rapide. Elle entame un autre morceau dont les accents mélancoliques me pincent le cœur.

Enfin, l'instrument se tait. Elle se lève, me débarrasse du plaid et m'aide à me mettre debout.

– Merci, dis-je d'une voix tremblante. Sans vous…

Elle sourit, pose gentiment sa main sur ma joue.

– Va, petite étincelle…

– Je…

– Va vite !

L'étrange musicienne cale le violon contre son cou et me tourne le dos. Son archet crisse sur les cordes, créant un son grave et grinçant : pour elle, je n'existe plus.

J'ai le sentiment, une fois encore, d'être un personnage de film qui va de scène en scène sans avoir le choix.

Je descends les marches, me perds un peu dans les souterrains où se succèdent des affiches de publicité.

Chapitre 7

Sans couleur, elles se ressemblent toutes. Finalement, je retrouve mon chemin. Pour échapper aux ombres du tunnel, je demeure à l'entrée du quai jusqu'à l'arrivée de la rame. Protégée par les autres passagers, je reste au milieu du wagon, loin des fenêtres et de l'obscurité.

Les noms des stations sont indiqués au-dessus de la porte. Rue de la Pompe. La Muette. Deux arrêts seulement.

Est-ce la musique ? Est-ce parce que je suis bientôt arrivée ? Ma peur s'efface, ma fatigue s'envole. Je reprends tout doucement des forces.

Je suis à l'air libre, sous la neige. Derrière moi, l'entrée du métro, avec ses arabesques de métal couvertes de neige. Juste à côté, un kiosque à journaux. J'entre sous le chapiteau. Derrière le comptoir, une femme aux traits massifs, emmitouflée dans un châle, frotte ses mains gantées.

– Je peux t'aider ?

Lune et l'Ombre

– S'il vous plaît. Je cherche le musée Marmottan-Monet.

– Ce n'est pas tout près, mais pas très difficile à trouver. Tu vas continuer jusqu'à la rue de Passy, puis tu vas la suivre jusqu'au parc. Tu traverses, toujours tout droit. Après, c'est indiqué.

Les rues sont calmes, presque désertes. Immeubles bas, vieilles enseignes, passants solennels – des hommes d'affaires, des retraités promenant leur chien. Quand j'arrive près des marronniers, le vent se lève, fait craquer les branches enneigées. Je cale une mèche rebelle derrière mon oreille, et m'enfonce dans le bois. Les allées sont larges : sur des bancs sont perchés des pigeons et des moineaux. Quelques corbeaux croassent sur le passage des rares promeneurs.

Gorge sèche.

La peur revient.

À mesure que je progresse, des nuages ternissent le ciel. Les flocons tourbillonnent, portés par des bourrasques glacées.

Chapitre 7

Les ombres ne sont pas loin.

Je commence à courir. Elles se rapprochent. Je sens leur présence, toujours plus près de moi. J'accélère. Des rafales s'enroulent autour de moi, cinglent mes joues. Je tiens bon. J'allonge mes foulées. Embranchement. Droite ou gauche ? Tout droit n'existe pas. Gauche : indifférentes au froid, deux vieilles dames avancent tranquillement dans l'allée. Je fonce, ignorant leurs regards étonnés et parviens, à bout de souffle, à l'orée du jardin. Je me frotte les paupières, cherche quelques secondes. Là. Un panneau montre la direction du musée.

Encore un effort.

Je file entre les immeubles, majestueux et froids comme des pierres tombales. Enfin, j'aperçois l'entrée.

Je suis sauvée.

Chapitre 8

Je m'arrête à quelques mètres du bâtiment couvert de neige, impressionnée par sa taille et sa majesté. Je me sens soudain minuscule. De chaque côté de l'arche de pierre, l'affiche de l'exposition : *La Llamada*, de Remedios Varo. Aucune couleur, mais une certitude – une fois franchie la lourde porte de bois, ma vie ne sera plus jamais la même.

Au moment d'entrer, je jette un coup d'œil par-dessus mon épaule. La rue est déserte, et les flocons, portés par le vent, tombent en virevoltant.

Le battant se referme derrière moi. Rapidement, je

pénètre dans un hall éclairé par un lustre aux reflets pâles. Plus loin, le comptoir où patiente un homme au teint délavé, absorbé par une lecture. Entendant mes pas résonner sur les dalles blanches et noires, il lève les yeux vers moi, arque un sourcil étonné. Il n'a pas l'habitude de voir des visiteurs si jeunes… et si tôt !

– Bonjour monsieur, je voudrais un billet pour l'exposition « Femmes-peintres des XIXe et XXe siècles », s'il vous plaît.

– Très bien, répond-il, ravi. Tu sais qu'avec ton ticket, tu pourras aussi accéder à la collection permanente ? Pour le moment, tu as le musée rien que pour toi, alors profites-en !

Je souris timidement, pose la monnaie devant lui. Il compte les pièces, me donne un coupon puis m'indique le vestiaire pour me débarrasser de mes affaires. Cela m'ennuie un peu de laisser mon sac, mais je comprends que je n'ai pas le choix.

L'exposition est située au sous-sol.

Chapitre 8

Quand je descends les premières marches, j'entends le vantail de l'entrée se refermer. Un courant d'air glacé s'engouffre dans le bâtiment.

Je dévale rapidement l'escalier. En bas, un plancher lisse, des murs gris clair et d'immenses salles ouvertes. Et devant moi, une peinture monotone : au premier plan, un tronc tordu. Juste derrière, une jeune fille et son chien, à peine visibles dans une mer nébuleuse. En arrière-plan, des arbres sombres, des silhouettes noirâtres[1]. Je m'approche : elle est signée Berthe Morisot. J'examine celle qui lui fait face – succession de coups de pinceau formant une masse terne, informe. Je me mords les lèvres, anxieuse et impatiente. Où se trouvent les œuvres de Remedios Varo ? Et si *La Llamada* demeurait grise et terne ? Si mes espoirs n'étaient qu'un rêve ? Moitié marchant, moitié courant, je la cherche fiévreusement, ignorant toutes les autres toiles. Je ne veux pas les regarder, de toute façon – pas sans couleurs.

Puis elle est là. Devant moi.

---

[1] La liste des œuvres citées se trouve dans l'annexe en fin d'ouvrage.

Explosion de rouges et d'orangés, d'ambres et de dorés. Je suis presque aveuglée.

La fille du feu s'avance vers moi ; autour d'elle, le sol luit d'un halo ténu. Elle se penche hors du tableau : ses doigts effleurent ma joue, soulèvent mon menton. Sa paume est brûlante et douce à la fois ; son souffle tiède exhale un étrange parfum de miel et de métal. Elle me contemple un moment, pose ses lèvres sur mon front. Je demeure pétrifiée, saisie de stupeur et d'effroi. Soudain, elle se redresse, fronce les sourcils.

– À bientôt, petite étincelle.

Une seconde plus tard, ce n'est plus qu'un personnage de peinture figé au milieu d'une toile dont je lis pour la première fois la traduction : *L'Appel*.

Ai-je entendu ses mots ? Ai-je vraiment senti sa main contre ma peau, son baiser ? Suis-je en train de devenir folle ? Je tourne la tête – les murs sont gris, le parquet, lisse et terne. Mais les tableaux… les tableaux, eux, ont retrouvé leur éclat, leurs teintes, leur vie !

Chapitre 8

J'ignore si je suis guérie : peut-être tout ceci n'est qu'une illusion, un mirage né de mon esprit malade ? Tant pis. Je veux en profiter. Je veux m'enivrer de bleus, de bruns, de roses et de jaunes, je veux me gorger de couleurs ! Fébrile, je cours vers une autre artiste, m'arrête devant une femme éthérée, perdue au milieu d'un paysage vert tendre. Pour seul vêtement, elle porte un lourd drap noir et tient entre ses mains une couronne de fleurs longue comme un serpent. C'est *Femme avec des fleurs*, de Romaine Brooks. Je m'éloigne : mon regard est aimanté par une étrange scène, un peu plus loin. Atmosphère angoissante, tout en pourpres et en indigo. Derrière une table ronde, trois personnages semblables à de grotesques fantômes préparent un repas. Au premier plan, un oiseau couleur d'ossement se tourne brusquement vers moi. Il me toise un instant de ses affreux yeux vides, et tente de me pincer. Je recule avec un cri, m'enfuis.

Je découvre d'autres mondes. Une jeune fille vêtue de noir, sous un parapluie, me fait un clin d'œil. Juste à côté d'elle, des écoliers se disputent au coin d'une barricade. S'apercevant que je le regarde, l'un d'eux, un blondinet vêtu d'une blouse bleu ciel, pousse un autre garçon du coude. Je m'enfuis, bouleversée.

– Aïe !

Quelque chose m'a heurtée.

Je me retourne. Dans le tableau, les garçons ricanent et me montrent du doigt. À mes pieds, jaune clair sur le plancher gris, un caillou.

Je le ramasse, tremblante. Il est dur, un peu râpeux – friable si je le gratte.

Il existe vraiment.

Je me laisse tomber sur un banc, le souffle court, les tempes bourdonnantes. Ce que je vis n'est ni un mirage ni un rêve éveillé. *C'est la réalité.*

Soudain, des parfums suaves et acidulés chatouillent mon nez. Les larmes aux yeux, je me laisse guider jusqu'à la toile qui me chavire le cœur. Une adolescente éthérée, un peu féerique, est perchée sur un balcon de pierre, au milieu de fleurs rose et mauve. Bras tendus

Chapitre 8

comme des ailes, elle sourit, perdue dans un songe secret. Je m'éloigne à pas de loup, craignant de la déranger. Attirée par un hennissement, je me dirige vers une série de toiles – m'arrête, le ventre tordu d'effroi. Des effluves familiers de tabac froid et de vin assaillent mes narines, assèchent ma gorge.

Malco est là.

Son ombre anguleuse se dessine sur le sol, avance lentement dans ma direction.

Quelle idiote ! Comment ai-je pu croire qu'il ne saurait pas où me retrouver ? Je lui ai montré le prospectus ! Depuis le début, il savait. Pourquoi a-t-il tenté de m'empêcher d'atteindre le musée ? Il lui suffisait de m'y attendre, non ?

La réponse est évidente. Par jeu. Par cruauté.

Je recule, le corps transi, les jambes en plomb. Chaque pas me coûte, pourtant je me force à continuer, le plus silencieusement possible, espérant encore lui échapper. Grognement, sur ma gauche. Je sursaute, réprime un cri. Un lion secoue sa crinière en s'étirant, s'immobilise, regardant fixement un point dans mon dos.

Malco est là.

Je pivote lentement, résignée.

Il exsude les ombres. Elles sinuent le long de son corps, pareilles à des serpents, se fondent dans les ténèbres de son immense carcasse, absorbent toute lumière autour de lui. Gouffres ténébreux trouant son visage blême, ses iris luisent d'un éclat malveillant.

– Pauvre petite Lune, grince-t-il en avançant vers moi. Naïve petite Lune. Tu pensais vraiment que je te laisserais recouvrer tes forces ainsi ?

– Mes… Mes forces ?

Les souvenirs affleurent. L'impression d'être suivie, épiée. La voiture sur le chemin du collège. La silhouette dans mon dos. Et bien sûr, les couleurs, les odeurs qui disparaissent, me sont arrachées. C'est Malco, j'en ai la certitude à présent, qui me prive de mes sens, et me tue à petit feu. Mais pourquoi ? Et surtout, comment ?

Chapitre 8

– Viens, Lune. Ta mère doit être *morte* d'inquiétude.

Il se rapproche.

Je serre les poings. La manière dont il a prononcé ce mot…

– Ne t'en fais pas, susurre-t-il – et un sourire cruel étire ses lèvres pâles. Elle ne risque rien, ta maman. Elle ne risque rien pour le moment.

Quelques mètres à peine nous séparent.

– Qu'est-ce que tu veux ? dis-je – et ma voix n'est qu'un souffle. Pourquoi tu ne nous laisses pas tranquilles…

– Pourquoi ! Pourquoi ! Ah, petite Lune, vous êtes tellement précieuses, pour moi !

Encore un pas.

Et le fauve bondit hors du tableau, charge avec un rugissement terrible. Instinctivement, je roule sur le côté. Je me redresse, j'observe un bref instant le combat du félin et de l'ombre, me rue vers la sortie – esquive de justesse un coup de pied.

Hennissements furieux, cris de défi. Clameurs et aboiements. Devant moi, des dizaines de chevaux, des marchands, des cavaliers. Un monde s'ouvre. Un refuge ? Je l'ignore, mais je n'ai plus le choix.

Sans hésiter, je me jette au cœur de l'immense peinture.

Chapitre 9

J'atterris sur une terre sablonneuse, semée de cailloux, effrayant un grand hongre blanc. Il se cabre, et son propriétaire peine à le maîtriser. Quand je me relève, les fumets de sueur animale, de cuir et de crottin m'étourdissent. Autour de moi, partout, des chevaux qui hennissent, s'affrontent, tentent de se battre ou de fuir, des hommes qui en haranguent d'autres, des cavaliers essayant des montures excitées par la proximité de leurs congénères. Sur ma droite, un petit alezan, oreilles couchées, botte un colosse au torse à demi nu, aux mèches noires et à la peau cuivrée. Celui-ci esquive le coup de pied, pose la main sur l'encolure de son cheval de trait et s'éloigne avec un gros rire. Resté seul, le rebelle à la crinière de feu piaffe, cherche une croupe à mordre puis, vexé, rejoint le groupe de quatre ou cinq bêtes dont il s'était éloigné.

Je contemple le spectacle, bouche bée.

Une partie de moi s'est engagée sans crainte dans l'aventure, acceptant comme une évidence ce… don ? Ce… tour de magie ? Une autre, plus rationnelle, ne comprend pas et cherche, affolée, des explications à ma présence.

Ivre d'odeurs, de couleurs et de sons, je m'enfonce dans l'énorme foire. Deux percherons à la croupe pommelée passent devant moi en trottant. À cru sur l'un d'eux, un jeune homme les mène au licol et à la voix. Je les suis des yeux, impressionnée par ce tour. Un maquignon me bouscule.

– Du balai, le môme ! Tu n'as rien à faire là !

À cet instant, son étalon se dresse sur ses antérieurs avec un cri aigu. Un autre, quelques mètres plus loin,

Chapitre 9

répond au défi. Je fais quelques pas, m'arrête devant deux ânes et une mule grise. Je palpe mon visage, j'examine mes vêtements : je porte une chemise beige, un gilet de peau et un pantalon de toile brune. À mes pieds, des godillots à bouts ronds, passablement usés. Pas étonnant que le marchand de chevaux n'ait pas été choqué par mon apparence ! Je suis vêtue comme tous ceux qui travaillent ici. En entrant dans ce monde, j'en ai pris les atours. J'ai un pincement au cœur, en songeant à mon chandail préféré, dont j'aurais tant aimé retrouver la couleur. Je hausse les épaules : ainsi vêtue, je fais partie du paysage : il me sera plus facile de passer inaperçue.

Instinctivement, je me retourne, je scrute les alentours, redoutant d'y trouver Malco et ses créatures. Mais non : il n'y a pas d'ombre et, malgré les nuages, les rayons du soleil nimbent les robes des animaux de poussières d'or, d'argent et de cuivre. Et puis, comment pourrait-il me rejoindre ici ?

Toute tension évanouie, je me glisse contre les

flancs tièdes, j'effleure les nez veloutés, caresse les chanfreins et les crinières épaisses. Je me sens vivante, joyeuse pour la première fois depuis longtemps. Un souvenir éclate, pareil à une bulle, à la surface de ma mémoire. J'ai trois ans, peut-être quatre. Juchée sur un poney couleur chocolat, j'entoure son encolure de mes bras et respire à plein nez son parfum tiède. Maman me surveille, un sourire dans ses yeux bleu ciel pétillants. Plus tard, elle m'a inscrite à un cours d'équitation, mais je n'y suis pas restée longtemps. Je ne m'y sentais pas à ma place, et nous n'avions pas beaucoup d'argent.

Au hasard de mon errance, je retrouve le petit teigneux au côté du trait à la robe sombre et aux membres massifs. Attachés sous un arbre, ils mangent une ration de foin. Leur maître discute avec deux messieurs bien habillés, un peu plus loin. Je m'approche, prenant garde à ne pas aborder les bêtes brutalement. L'alezan me lance un regard méfiant. L'autre lève la tête, intrigué, avant de retourner à son repas. Je demeure un moment à distance, sans bouger puis l'aborde main tendue, regrettant de ne pas avoir de morceau de pain sec ou de pomme à lui donner. Il m'ignore, mais me permet de rester près de lui et de le caresser.

Moments de calme. Hors du monde. De *mon* monde puisque ici, je perçois les couleurs et les odeurs, puisque personne ne me traque. J'appuie mon front contre l'épaule de l'animal. Je ferme les yeux. Il ne s'est passé qu'une journée, mais j'ai l'impression d'être partie de la maison depuis une éternité. Là-bas, le temps s'égrène avec lenteur et monotonie, noyé sous une gangue grisâtre, à peine nuancée de noir et blanc. Là-bas, maman s'éloigne de plus en plus de moi. Mon mal l'effraie, je le devine à ses regards, à ses silences. Mon mal la prive de parole, nous rend étrangères l'une à l'autre. Et Malco l'a emprisonnée de la même façon qu'il s'est insinué dans notre vie : sournoisement, par petites touches de noirceur. À mesure que je m'étiolais, il a gagné en importance, en pouvoir. Quand il a giflé maman, j'ai compris qu'il avait gagné. Elle n'était plus capable de se défendre ni de me protéger.

D'où vient Malco ? Qui est-il vraiment ?

Avec ses yeux charbonneux, ses traits livides et osseux, avec sa carcasse maigre et ses mains d'assassin, on dirait un immense corbeau décharné ou le Diable noir des contes de fées. Et puis, il y a les ombres dont il s'entoure, la vie qu'il m'arrache goutte à goutte…

– Eh bien, qu'est-ce que tu fais là ?

Une voix grave, teintée d'un accent rocailleux, interrompt mes réflexions. Je sursaute, les joues rouges, affreusement gênée.

L'homme me sourit et pose sa grosse patte brune sur ma tête. Sous sa moustache, ses dents sont larges et blanches.

– T'en fais pas. Je vais pas te manger ! Tant que tu fais pas l'idiot à vouloir lui grimper dessus ou prendre la poudre d'escampette avec mon nouvel ami…, rit-il, désignant du menton le petit hongre rétif.

Chapitre 9

– Je n'y avais même pas pensé, monsieur. Mais j'avais besoin de calme et…

Je m'interromps d'un haussement d'épaules, cherche refuge auprès du grand bai.

Il m'examine en plissant les yeux, tire sur sa moustache et se campe devant moi, bras croisés.

– Qu'est-ce qu'une gamine déguisée en garçon vient faire ici ? demande-t-il enfin, sévère. Tu sais que cette foire, c'est pas un endroit pour toi, et que c'est interdit de t'habiller comme ça ?

Je le dévisage quelques secondes, perplexe avant de réaliser qu'en passant dans la peinture, je suis revenue dans le passé : les femmes ne sont pas libres de faire ce qu'elles veulent. Il y a des codes, des carcans. Ne sachant que répondre, je réfléchis à toute allure, m'efforçant de trouver une raison, une histoire. Il ne m'en laisse pas le temps.

– Tu veux rien dire, je comprends. Mais tâche au moins de cacher tes cheveux, soupire-t-il, tirant de sa veste un béret chiffonné. Crois-moi, ça t'évitera pas mal d'ennuis.

J'enfonce la casquette sur ma tête, bredouille de vagues remerciements, commence à m'éloigner.

– Eh ! Tu n'as pas faim ? me lance-t-il. Si le cœur t'en dit, dans ma besace, j'ai un quignon de pain, du fromage et un peu de vin…

Je fais volte-face. Mon estomac gargouille. Je n'ai rien avalé depuis une éternité.

En revenant vers lui, je comprends qu'à sa manière, cet homme essaie de m'aider. Peut-être pense-t-il que je suis une vagabonde ? Une orpheline affamée ? Je ne le détromperai pas. Et puis, ce n'est pas si éloigné de la vérité.

– Moi, c'est Luca, se présente-t-il, s'asseyant sans façon contre le tronc rugueux et tirant de sa sacoche une bouteille poussiéreuse.

– Je m'appelle Lune.

– Lune ? C'est joli, commente-t-il après avoir bu une longue rasade. Chez nous, on dit que les noms que l'on donne aux enfants en disent bien plus que n'importe quel discours… Tes parents devaient beaucoup t'aimer, pour t'appeler ainsi.

Chapitre 9

Je détourne la tête pour dissimuler les larmes qui brûlent mes paupières et tripote une touffe d'herbe, gorge nouée.

– Il y a une légende, chez les Gitans, qui explique pourquoi la lune est parfois pleine, parfois noire, parfois mince comme un croissant, déclare-t-il, me tendant de quoi manger. Tu veux l'entendre ?

Je hoche la tête, incapable de parler.

– Il y a longtemps de cela, vivait parmi les nôtres un homme avide et méchant appelé Yoko, commence Luca. Il ne supportait pas le bonheur des autres, ne partageait jamais ni sa nourriture ni ses gains, si bien que ses rares amis l'abandonnèrent, sa femme le quitta et même sa famille finit par le chasser. Il s'installa, seul et aigri, au cœur d'une forêt. Il y avait du gibier en abondance, mais comme Yoko avait toujours faim, il chassait tant que la forêt finit par se dépeupler. En rentrant chez lui, un soir, il trouva près dc son âtre un vieillard et ce vieillard en haillons, assis sur son tabouret préféré, dévorait son civet de lièvre. Furieux, il exigea d'être payé. Mais l'aïeul n'avait que quelques histoires à lui proposer. Yoko voulut le chasser à coups de bâton. Alors, les guenilles du vieux vagabond se transformèrent en beaux vêtements et sa barbe neigeuse se para de fils d'argent. C'était le maître des étoiles, descendu sur terre pour mettre à l'épreuve les humains. Pour punir Yoko, il l'exila sur la Lune. Depuis lors, Yoko essaie de croquer l'astre nocturne, persuadé que s'il y parvient, son châtiment prendra fin. Et nous, qui vivons ici-bas, en regardant la lune briller, nous nous rappelons que ce qui importe le plus, c'est la générosité. Yoko, qui tente de manger la lune l'avait depuis longtemps oublié.

Yoko, Malco… Les deux noms sont proches, les histoires aussi. D'une certaine façon, Malco tente de me dévorer, non ?

Quand je quitte Luca, un peu plus tard, cette ressemblance me trotte toujours dans la tête et je ne puis m'empêcher de me demander à quel point le récit de Luca relevait du hasard. Je poursuis ma découverte de

Chapitre 9

cette foire gigantesque, songeuse, quand un cheval affolé charge dans ma direction. Je demeure stupide, incapable de bouger. Il s'approche, écumant, les yeux fous…

Quelqu'un se jette sur moi, m'évitant de justesse d'être renversée.

Chapitre 10

Je roule sur le sol, m'écorche les mains et le bras sur les cailloux. Je récupère mon béret, m'agenouille en grimaçant. Une main se tend vers moi : je la saisis, me relève, me retrouve devant un garçon de quatorze ou quinze ans peut-être, à la peau hâlée, aux mèches châtaines poisseuses de sueur et de poussière. Il porte, comme d'autres palefreniers, une chemise d'un bleu passé, un pantalon brun. Il me dévisage en silence, une lueur d'étonnement dans ses yeux gris-vert. Confuse, je tripote mon couvre-chef, consciente qu'il est un peu tard pour dissimuler mes boucles blondes.

Lune et l'Ombre

Nous restons un moment face à face, sans prononcer un mot. Enfin, je me décide à rompre le silence.

– Je m'appelle Lune. Et toi ?

– Léocade, répond-il d'un ton un peu hésitant. Mais tout le monde dit Léo.

– Merci. Tu m'as sauvé la vie. Sans toi…

– Quelle idée, aussi, de rester plantée là, alors qu'un galier[1] fonçait sur toi ! Lune, c'est un drôle de prénom reprend-il, passant les doigts dans ses cheveux. Je veux dire, c'est pas courant. Remarque, une fille par ici, on n'en voit pas beaucoup non plus.

Une fille du monde réel échouée dans un tableau, ai-je envie d'ajouter. Je me tais, bien sûr, et me contente de hausser les épaules. Hennissement, derrière nous. Clameurs. « Bloquez la sortie ! » « Rattrapez-le ! » « Attent… » Le dernier cri se perd dans un brouhaha confus. Trois hommes encerclent un animal à la robe grise et luisante, aux muscles saillants et l'acculent sous les arbres qui bordent la foire. La bête se cabre, ses antérieurs fouaillent l'air.

---

[1] Galier : cheval, en argot.

Chapitre 10

– Impressionnant, hein ? souffle Léo. J'aimerais m'occuper d'un étalon comme lui un jour…

Ses prunelles brillent. Sur son visage se devine le vœu de tous les amoureux des chevaux, qu'ils viennent d'ailleurs ou d'ici, du présent ou d'une époque lointaine : chevaucher une monture indomptable, être son unique cavalier et créer avec lui un lien indestructible.

J'ai fait ce rêve, moi aussi.

Il y a longtemps.

– Léo ! Léo, où es-tu ? braille quelqu'un. Quel tire-au-flanc ! Jamais là quand on a besoin de lui, ce gamin !

– Faut que j'y aille, sinon je vais me faire massacrer, soupire-t-il, se détournant à regret.

– Je viens avec toi, si tu veux.

La proposition a jailli de ma bouche, me prenant par surprise autant que lui. Léo hésite quelques secondes, puis hausse les épaules.

– Tant que tu te fais pas piétiner…

Je remets tant bien que mal ma casquette et lui

emboîte le pas. Il m'entraîne entre les croupes et les encolures, vers un groupe de traits à la robe claire, aux crins longs et épais. Son patron, un individu courtaud et renfrogné, l'accueille en grommelant.

– J'attends des acheteurs, déclare-t-il. Des messieurs de la ville, qui veulent un bel attelage. Je compte sur toi pour préparer les bêtes, Léo.

Préoccupé par sa vente, le marchand me remarque à peine. J'accompagne Léo près d'un monceau de foin. Il en trie une brassée, me la tend. Cela embaume les prés, le printemps.

J'attends qu'il ait pris sa part et le suis jusqu'aux grands équidés. L'un d'eux tourne la tête vers moi, m'appelle avec douceur. Je lui donne sa paille, retourne aider Léo. Nous achevons rapidement de les nourrir.

– Voici une brosse et un chiffon, me dit-il. Tu n'es pas obligée, tu sais…

– Ça ne me dérange pas et puis le blanc a l'air gentil. Comment s'appelle-t-il ?

– Flocon.

Chapitre 10

Je commence à le panser, heureuse une fois encore de humer le parfum tiède et doux, de sentir près de moi la présence rassurante de l'animal. De temps à autre, Léo me lance un regard songeur. Ma présence, mon attitude l'intriguent. Lui dirai-je la vérité, s'il me demande d'où je viens ? J'en ai envie, mais j'ai peur qu'il ne me croie pas. C'est la première fois depuis longtemps que je parle avec quelqu'un de mon âge. Ces derniers mois, à part maman et Malco, Marie, ma psychologue, et les médecins, je n'ai vu personne. À Paris, y a eu Ève, Théo, Gaëlle et Matis, j'ai bien senti que je les gênais. Et puis, ils étaient bien plus vieux que moi. De toute façon, même avant que je tombe malade, avant que Malco et ses ombres ne me volent mes couleurs et ma vie, je n'avais pas beaucoup d'amis. Cela ne me manquait pas, jusqu'à présent. Il y avait maman et moi, le dessin, les livres. On vivait dans notre bulle, hors du monde. Cela me suffisait. Maintenant…

Je démêle les crins de Flocon, lisse sa robe avec le tissu humide, embrasse le bout de son nez rose et me tourne vers sa voisine, une jument pommelée au regard doux.

Elle me renifle avec curiosité ; je me laisse faire, caresse son chanfrein large et busqué.

– C'est Zoé, dit soudain Léo. Elle n'a que quatre ans, mais tu la verrais tirer un attelage… Je l'aime beaucoup.

– Tu préfères t'en occuper ? J'en brosserai un autre, si tu veux.

Léo me contemple, interloqué. Palefrenier, il doit soigner tous les chevaux et ma proposition lui paraît sans doute saugrenue, d'autant que Zoé va être vendue. Léo ne la reverra certainement plus. Que lui importe de la bouchonner une dernière fois ?

À ma grande surprise, il accepte et commence à la panser. Nous continuons notre tâche en silence. Il semble absorbé dans ses pensées, et moi, je me dis que je ne suis décidément pas à l'aise dans ce gigantesque marché. Bien sûr, c'est le seul moyen que j'ai trouvé pour échapper à Malco, mais je n'appartiens ni à ce siècle ni à ce tableau.

Chapitre 10

Enfin, nous avons terminé. Léo range le matériel dans un coin et se tourne vers moi, perplexe.

– T'es vraiment une drôle de fille, Lune.

Je ne réponds rien. Ses mots me blessent et me font sentir que je ne suis pas à ma place, ici. Je ferais mieux de lui dire au revoir et de m'en aller, de trouver le moyen de quitter cette foire bruyante et colorée, de retourner dans le noir et blanc du monde réel en espérant que Malco soit las de me poursuivre. Pourtant, je n'arrive pas à m'y résoudre. J'aime bien Léo : je n'ai pas envie de le quitter.

– Je pense que le patron va me ficher la paix pendant un moment, déclare-t-il, passant la main dans ses cheveux. Si tu veux, on peut trouver un endroit où boire un verre et casser la croûte ?

J'acquiesce en silence. Nous nous frayons un chemin dans le chaos de la foire jusqu'au grand mur de pierre situé à son extrémité. Là, j'aperçois des tentes et des cabanons. Derrière, des silhouettes floues de maisons. Léo me montre une table bancale.

– Assieds-toi, j'en ai pas pour longtemps ! lance-t-il.

Il disparaît aussitôt dans la gargote où se pressent une dizaine de personnes – principalement des marchands de chevaux et leurs apprentis. Il revient avec un pichet et deux gobelets, les pose devant moi, repart aussitôt et rapporte une assiette de beignets luisants et gras.

– C'est mieux que du bouillon, non ?

S'asseyant près de moi, il me sert un verre de vin violacé qui me rappelle la piquette de Malco et porte le sien à ses lèvres. Je l'imite, regrettant l'espace d'une seconde d'avoir recouvré l'odorat en plus de la vue.

Les pâtisseries, pâteuses et fades, me permettent néanmoins d'avaler sans grimacer une gorgée du liquide âcre. Léo dévore, boit, se ressert, approche la cruche de mon godet.

– Mais tu n'as rien bu !

– Je n'ai pas très soif.

Il plisse les yeux, soudain suspicieux.

– Tu viens des quartiers rupins, c'est ça ? T'as pas

l'habitude de te mêler à des gens comme nous…

– Pas du tout ! Seulement, je préfère l'eau ou le lait.

Léo fronce les sourcils, penche la tête de côté puis, sans prévenir, prend ma main, l'examine avec attention. Dans la sienne, elle paraît si blanche, si maigre ! Presque maladive. Il la garde un moment prisonnière puis la libère, comme à regret. Me regarde avec attention.

– T'es pâle comme les filles de la ville et t'as jamais travaillé de ta vie. Tes doigts sont si fins que je pourrais les briser d'une chiquenaude. Pourtant, t'es pas une mijaurée. Tu m'as aidé, tout à l'heure, et t'as pas peur des chevaux : j'avais encore jamais vu quelqu'un leur faire des bécots. Et pour Zoé, ajoute-t-il dans un murmure, c'était gentil.

Je rougis. Je me comporte de manière étrange à ses yeux. Je ne sais comment me conduire avec lui. Dois-je lui mentir ? Lui révéler d'où je viens, qui je suis ? Je ne risque pas seulement de l'effrayer, mais de le heurter aussi. Nul n'a envie d'apprendre qu'il n'est qu'un personnage imaginaire, sans *réelle* existence. De plus, je ne me suis jamais sentie aussi vivante depuis que je suis ici – à l'abri du gris et des ombres.

Soudain, les nuages s'épaississent. Un courant d'air froid balaie les alentours.

Un étau de glace enserre mon cœur.

Malco est ici.

Chapitre 11

Comment a-t-il deviné ? Comment a-t-il pu entrer dans ce tableau ? À moins que tout cela soit illusion, divagation – folie… Et si je n'avais jamais perdu les couleurs, les odeurs ? Si je n'avais jamais été traquée par les ombres ?

Vertige. Respiration affolée.

Les souvenirs s'entrechoquent, vrillent mon esprit : diagnostics de médecins et de spécialistes – *c'est psychologique* –, moqueries de Malco – *elle fait ça pour se rendre intéressante* –, larmes de maman, chambre en noir et blanc, colère, mots de Marie – *tu trouveras la solution en toi-même...*

Bourdonnements. Papillons dans les yeux.

Tout devient noir.

·

Je reprends conscience. Je redoute un instant de retrouver ma chambre ou le plancher du musée. Mais non. Sous mes fesses, le sol sablonneux, semé de cailloux, de la foire aux chevaux. Autour de moi, des visages burinés, des regards curieux et inquiets. Contre moi, le corps tiède de Léo. Je repose dans ses bras. Il m'a retenue quand j'ai basculé. Confuse, je veux m'écarter de lui, mais quelqu'un s'approche, tenant dans sa main noueuse une flasque d'eau-de-vie et la presse contre mes lèvres. Le liquide âpre brûle ma gorge, réchauffe mon corps affaibli.

– Merci.

Léo m'aide à me redresser. Instinctivement, je porte la main à mon béret. Les apparences sont sauves : il est toujours en place. « C'est ton petit frère ? » « Il lui faut de la pitance[1], il est pâle comme la mort... » « Je

[1] Pitance : nourriture, en argot.

t'avais jamais vu ici, gamin. C'est ton premier jour ? »
Questions, commentaires et conseils se succèdent ; Léo et moi répondons du mieux possible. Un palefrenier aux joues creuses, au front ridé, m'apporte une pomme, ainsi qu'un morceau de pain noir. Un autre insiste pour me faire avaler du lait de jument.

Enfin, ils retournent à leurs occupations.

Léo et moi restons seuls, sans oser parler, devant l'assiette de beignets trop gras et le mauvais vin. Plus loin, sur le marché, les chevaux s'agitent nerveusement. Je frissonne. S'il se renseigne, Malco fera vite le lien entre moi et le gamin évanoui. Je dois disparaître avant qu'il ne me retrouve. Je me lève maladroitement, renversant mon tabouret.

– Qu'est-ce que tu fais ? demande Léo.

– C'est… Je suis obligée de partir.

Pour aller où ? Et surtout, comment ? Il me faut quitter le tableau, mais je crains d'être repérée si je reviens sur mes pas. Je jette un coup d'œil aux maisons et aux immeubles bas, de l'autre côté du mur de pierres. Peut-être là-bas trouverai-je le moyen de m'échapper ?

Une bourrasque soulève un nuage de poussière. Des gens toussent. Un cheval hennit, terrifié. Malco se rapproche.

– Je suis désolée. Merci… merci pour tout !

Je fais volte-face, cherche des yeux l'entrée de la foire. Léo me rattrape, saisit mon bras.

– Lune, pourquoi tu te sauves ?

Parce que je n'ai pas le choix. Parce que les ombres me pourchassent.

– S'il te plaît Léo, laisse-moi …

Coup d'œil en direction du marché. Je crains, à chaque seconde perdue, de voir surgir Malco ou l'une de ses créatures. Léo suit mon regard, sourcils froncés. Les poils de ma nuque se hérissent. La peur m'oppresse, me glace.

Fuir.

Maintenant.

Avant qu'il ne me repère.

Chapitre 11

Je me rue vers la cohorte qui se dirige vers la sortie. Un cavalier double plusieurs chevaux. L'un d'eux se cabre. Son palefrenier tente de le maîtriser.

– Place ! Place !

Le jeune homme que j'ai aperçu tout à l'heure, juché sur son percheron, trotte vers la sortie. Dans chaque main, il tient les rênes d'une autre bête de trait. Profitant de la cohue, je me glisse derrière lui. Léo me rejoint.

– Je sais pas ce que tu fuis, Lune, souffle-t-il, mais je t'accompagne.

J'accepte son aide sans protester, réconfortée par sa présence. Auprès de lui, je me sens vivante. *Réelle*.

Le bourg s'étend de l'autre côté du mur, longé par une large voie pavée. Face à nous, une rue de terre battue. De chaque côté, des murs de pierre, des façades lézardées. Je m'y enfonce, Léo à mes côtés. Rapidement, nous atteignons la place de l'Église – une vieille bâtisse ocre, dominée par une flèche d'ardoise. Des marchands s'y sont installés pour y vendre fruits et légumes. À l'extrémité de l'esplanade, un troquet devant lequel plusieurs tables ont été disposées. Trois hommes discutent en buvant un verre de vin, un couple bien habillé chuchote en triturant des biscuits. Non loin, l'enseigne peinte d'une épicerie.

Je m'arrête, indécise.

– Tu sais pas où tu vas, pas vrai ?

Me prenant par la main, il m'entraîne vers le vieil édifice. Sa peau contre la mienne est tiède et rassurante.

Nous entrons. Arches voûtées, murs nus à l'exception d'un Christ en croix de bois noir et de quelques sculptures, sol de céramique rouge. Léo me lâche, se signe avec une brève génuflexion. Je l'imite de mon mieux, le suis dans une allée, m'assieds sur un banc à ses côtés. Ses doigts enlacent de nouveau des miens. À ce contact, mon cœur bat plus vite, des papillons virevoltent dans mon corps.

– Tu veux bien m'expliquer ? souffle-t-il.

Mon trouble s'évanouit aussitôt.

Voilà.

Chapitre 11

Le moment est arrivé, et je ne sais que faire. Avouer la vérité ? Il me pensera folle. Mentir ? J'aurais l'impression de le trahir. Je décide finalement de ne rien lui révéler au sujet des tableaux ni de ma réalité. Alors, je lui raconte maman et moi avant l'arrivée de Malco, son emprise croissante sur ma mère et sa brutalité. J'évoque mon mal, aussi – à peine un murmure, juste assez pour que Léo comprenne ce que c'est, un monde en noir et blanc. Je chuchote ma fuite, les ombres qui me traquent, Malco qui m'a suivie jusqu'ici, non pour me ramener auprès de maman, mais pour achever ce qu'il a commencé, là-bas. Me voler ma vie.

Quand je termine mon récit, un voile assombrit son visage. Comme si mes confidences avaient éveillé en lui de tristes souvenirs. Je presse ses mains.

– C'est que je n'ai pas de mère, souffle Léo en réponse à ma question muette.

– Je suis désolée.

Balayant son amertume d'un froncement de sourcils, il plonge ses yeux gris-vert dans les miens.

– Cet homme vain[1], Malco… On dirait le Diable. Je ne te laisserai pas tomber, Lune, ajoute-t-il d'un ton résolu.

Troublée par son regard, par l'intensité de ses paroles, je ne réponds pas.

Il veut m'aider. Ai-je le droit d'accepter ?

Léo a beau n'être qu'un personnage de peinture, je refuse de le considérer ainsi ; il a une vie, un métier. Il m'a sauvé la vie.

Si Malco l'aperçoit, il l'écrasera. Il lui suffira de lâcher ses créatures pour le terrasser. Léo mourrait-il vraiment ? Réapparaîtrait-il dans la peinture, prêt à recommencer éternellement sa journée, nourrir les chevaux de son maître et les préparer pour la vente de l'après-midi ? L'idée m'effraie : c'est vrai, cela signifierait qu'il ne peut être tué – du moins, pas de ce côté de la toile –, mais cela réduirait son existence à celle d'un automate répétant les mêmes gestes à l'infini.

– Ne t'inquiète pas, reprend-il. Je l'empêcherai de te retrouver. Je te cacherai, s'il le faut.

---

[1] Vain : mauvais, en argot.

Chapitre 11

– Où ?

Je ne puis m'empêcher d'avoir foi en lui, d'espérer.

– Si c'est le Diable, il n'osera pas entrer dans la maison du Seigneur.

« Ce n'est pas le Diable », ai-je envie de répondre. Je ravale mes paroles. Léo a peut-être raison. Malco commande aux ombres ; Malco m'a privée de mes sens et m'a poursuivie jusqu'ici. Dans ce tableau. Comment a-t-il fait ? Qui serait capable de tels actes ? J'avais déjà compris qu'il n'était pas humain, alors…

– Je peux te conduire au haras, poursuit Léo. À pied, c'est un long trajet. Une journée, en se dépêchant. Mais si tu te sens assez forte…

– Je suis capable de marcher.

Je présume probablement de mes capacités et j'ignore où cela me mènera, mais j'ai envie de le découvrir. Qui sait ? Le chemin de Léo me permettra peut-être d'échapper aux griffes de Malco ?

– T'es vraiment une drôle de fille, sourit-il. Je vais retourner à la foire : avec un peu de chance, le patron me demandera de ramener des bêtes à l'écurie. Ce sont tous des chevaux de trait, mais ce sera toujours moins fatigant. En attendant, ne bouge pas d'ici. Y a peu de chance qu'il t'arrive quoi que ce soit, sous le regard du Bon Dieu.

Je me mords les lèvres, résignée, me lève en même temps que lui, la gorge serrée par un mélange de tristesse et d'appréhension.

Je me fige.

Dans la pénombre du chœur, deux yeux couleur de suie me contemplent avec avidité.

Chapitre 12

Ainsi, l'église ne nous a pas protégés.

Caricature effroyable du lion qui s'est jeté sur Malco, dans le musée, la créature avance dans notre direction. Sa gueule décharnée, ouverte sur un rugissement muet, laisse apparaître des crocs noirs et luisants. Sa crinière d'encre ondoie, soulevée par un vent invisible.

Léo demeure pétrifié par l'apparition. Je l'agrippe, recule lentement vers la sortie. Je refuse de tourner le dos à cette chose, d'être sa proie aveugle et affolée. Braquant sur nous ses prunelles malveillantes, celle-ci approche, menaçante. Je ne la quitte pas du regard, luttant contre l'épouvante.

La bête se ramasse sur elle-même, sa queue fouettant l'air.

À mes côtés, Léo tâte vainement ses poches, cherche une arme, n'importe quoi, pour nous protéger. Saisit une chaise, sur le côté. La lance sur elle de toutes ses forces.

Le siège la traverse sans lui causer de mal.

Au même moment, elle attaque. Je tire Léo en arrière.

Nous esquivons ses griffes de justesse, heurtons la porte et repoussons le vantail, le cœur battant à tout rompre. Dehors, le ciel est gris, nuageux. Assez clair, toutefois, pour ralentir notre poursuivante. Nous échangeons un regard : hors de question de retourner à la foire ou de préparer notre départ. D'un même élan, nous nous élançons.

Allées tortueuses, souvent glissantes, où s'affairent passants, marchands de quatre saisons et paysans. Léo bouscule un commis, je percute une vieille femme et renverse son panier. Pas le temps de nous excuser. Les ombres guettent, tapies dans chaque recoin. Je les devine cachées dans la pénombre des ruelles et dans les recoins, je sens leurs pupilles opaques me transpercer, chercher à me mettre en pièces et me dévorer. J'accélère. Impression que mes poumons sont en feu, que mes muscles se déchirent. À mes côtés, Léo. Sa respiration est régulière, ses foulées, maîtrisées : il pourrait aller plus vite, mais règle sa course sur la mienne.

S'il est blessé, s'il succombe, ce sera ma faute.

C'est hors de question.

J'allonge mes foulées. Une souffrance aiguë vrille mon flanc. Je serre les dents, me concentre sur notre fuite, sur le vent glacial et les formes invisibles qui nous épient, nous pistent. Émanant de Malco, elles sont ses esclaves, ses créations. Il lui suffit d'une pensée pour voir par leurs yeux et se projeter en elles pour nous suivre.

Notre seule chance, c'est la lumière. Un jour uniforme, même nuageux suffirait pourvu qu'il laisse filtrer les rayons du soleil. Alors, Malco perdrait ma piste – au moins, le temps que je trouve le moyen de quitter ce tableau ou ce monde.

Et Léo ?

Que deviendra-t-il, si je m'enfuis ?

Enfin, nous atteignons l'orée du bourg. Devant nous, une route de campagne, jadis pavée. Au loin, dans la brume, une futaie. Encore un effort ! J'aperçois, trop tard, une ornière. Je trébuche, tombe mains en avant sur la terre dure. Léo ralentit aussitôt, m'aide à me relever. Nous repartons.

Je n'ose pas me retourner.

Après le premier virage, il grimpe sur un talus, m'entraîne dans un chemin de traverse. Nous dévalons une pente légère, contournons une ruine envahie par les ronces, rejoignons une piste crevassée. Enfin, nous nous arrêtons. Ma gorge est sèche, mon corps, douloureux. Je reprends péniblement mon souffle, la poitrine comprimée, les jambes tremblantes. Je cale derrière mon oreille une mèche

Chapitre 12

blonde, poisseuse de sueur. Rencontre les prunelles vert-de-gris de Léo.

Très pâle, il esquisse un sourire.

– Je crois qu'on a réussi à le semer.

Pour le moment, oui. Mais il lui suffira d'une ombre, d'un crépuscule naissant, pour se remettre en chasse. D'un geste brusque, j'essuie une larme qui perle au coin de ma paupière. Je n'ai pas le droit d'impliquer Léo dans cette traque dont je suis l'unique gibier.

– Malco me retrouvera. Tu ne comprends pas ? Il n'arrêtera pas de me poursuivre. En restant avec moi, tu risques la mort, Léo. Je… Je crois qu'il vaut mieux que tu partes.

– Je ne suis pas un lâche. Et c'est certainement pas ce… cette… chose… qui va m'impressionner.

Il frissonne néanmoins, et regarde par-dessus son épaule.

– Ce n'est pas une question de courage, dis-je, serrant les poings parce que je ne veux pas qu'il me quitte, parce qu'il le doit pourtant. Mais il te tuera si tu te mets en travers de sa route. Et tu as bien vu ? Il est impossible d'atteindre ses créatures ! Quant à lui…

– Je ne t'abandonnerai pas, coupe Léo.

Il rougit, détourne brusquement les yeux.

– Depuis que je t'ai rencontrée, reprend-il d'une voix basse, étranglée, je me sens différent. C'est idiot, hein ? Mais c'est comme si j'avais fait que dormir jusqu'à ce que tu sois là. Depuis, je vois mieux, j'entends mieux… Je suis… réveillé.

Je me mords les lèvres, bouleversée par ses paroles. J'éprouve exactement la même chose, en sa présence. L'impression de respirer, d'être enfin en vie.

– S'il te plaît, Lune. Ne me rejette pas.

Incapable de répondre, je me hisse sur la pointe des pieds et dépose un léger baiser sur sa joue.

Léo demeure interdit, troublé par mon geste. S'ébroue.

– Allez, dit-il. Il faut y aller, le domaine est encore loin.

Chapitre 12

Je hoche la tête en silence, soudain terriblement consciente de ce que signifie mon geste pour lui – pour moi. Je n'avais embrassé aucun garçon avant lui. À l'école, je n'ai jamais eu d'amoureux et au collège, j'étais trop différente. Et puis, ils se ressemblaient tous, me paraissaient indéfinis et flous. Léo me semble bien plus réel qu'eux.

Pourtant, c'est un être de peinture…

Au-dessus de nous, les nuages se sont éparpillés, flottant dans un ciel bleu pâle. L'air est vif. Nous marchons depuis une demi-heure peut-être, en silence. Nous n'avons pas échangé un mot depuis tout à l'heure. De temps à autre, il me lance un coup d'œil à la dérobée. Quand je pense à ce que je dois lui avouer, je sens la peur tordre mon ventre. Je ne veux pas le perdre. Je ne veux pas qu'il me croie folle. Pourtant, il faudra bien lui dire toute la vérité…

Plus tard.

Je ne veux pas rompre le charme de cette promenade hors du temps.

Nous contournons une colline.

À quelques dizaines de mètres, devant nous, des chevaux harnachés. Un grand bai, un blanc et un gris qui tourne la tête vers nous en baissant ses oreilles, méfiant. Leur maître, un cavalier portant des bottes cirées, une veste bleu marine et un casque noir, est assis en face d'eux, sur le talus.

– C'est Saint-Preux, souffle Léo. L'un des meilleurs écuyers du coin, presque un voisin. C'est bizarre qu'il soit seul avec ces galiers…

Passant la main dans ses cheveux, il avance vers lui. Je le suis, impressionnée par les bêtes et l'inconnu au visage carré qui se lève à notre approche, nous scrutant sans un mot jusqu'à ce que nous soyons près de lui.

– Monsieur, salue mon ami, s'inclinant maladroitement devant lui.

– Léocade, répond ce dernier. Et…

– Lulu. C'est mon cousin. Il est ici pour donner un coup de main à la foire et comme on a terminé le gros du travail, le patron nous a permis de rentrer.

Chapitre 12

– Il est bien pâlichon, ton cousin, remarque Saint-Preux. Il vient de la ville ?

Léo hoche la tête, flatte l'encolure du plus rétif des pur-sang.

– Eh oui ! Et maintenant, il faut que je fasse son éducation, raille-t-il, me lançant une bourrade taquine.

Je rentre dans son jeu, fronce les sourcils, feins de bouder.

– Mais vous, monsieur ? Vous attendez des gens ?

Saint-Preux secoue la tête, écœuré.

– Ces messieurs, des amis de mon maître, ont croisé des dames de leur connaissance durant notre promenade. Ils ont décidé de rester avec elles et m'ont laissé le soin de rentrer leurs montures à l'écurie.

Léo m'interroge du regard. Comprenant ce qu'il a en tête, j'acquiesce imperceptiblement.

– On peut peut-être les ramener avec vous, monsieur ? risque-t-il. On dirait pas, comme ça, mais Lulu sait s'y prendre, avec les chevaux. Et moi, vous me connaissez…

Saint-Preux réfléchit, pince son menton entre ses doigts, me toise longuement.

– Tu montes bien ?

Je hausse les épaules, vibrant de crainte et d'excitation mêlées.

– Un peu.

Il balance encore un instant, cède avec un soupir.

– Très bien. Mais tu restes derrière moi, et tu suis mes ordres, sinon, tu descends. Ça vaut aussi pour toi, Léocade. Toi, tu prendras Athos, ordonne-t-il, me désignant le blanc. Et toi, puisque tu t'entends bien avec Icare, tu vas t'en occuper.

Le temps de sangler et d'ajuster les étriers, nous sommes en selle. Mon sang bouillonne ; mon cœur bat à tout rompre ; au contact du hongre, mon anxiété s'est évanouie, remplacée par un indescriptible sentiment de puissance et de joie. Nous partons au trot. Au début secouée en tous sens, j'imite Saint-Preux du mieux possible et parviens à m'accorder au rythme de mon cheval. Parvenus sur une piste de terre brune,

Chapitre 12

plus large et plus nivelée, nous nous lançons au galop. Derrière moi, Léo peine à maîtriser Icare, décidé à faire la course. Sentant cela, Athos accélère. J'enfouis mes mains dans sa crinière, me penche sur son encolure ronde. Devant, la jument de Saint-Preux allonge ses foulées.

Et soudain, plus rien n'existe, en dehors d'Athos et moi. La vitesse, le martèlement des fers sur le sol dur, le vent qui fouette mon visage m'enivrent. Nous nous enfonçons, à la même allure, sous le couvert des arbres. Malgré les ombres et les silhouettes indistinctes, malgré la sensation qu'on m'épie, qu'on m'a retrouvée, je flotte dans un rêve, une bulle de joie et de plénitude à laquelle nul ne peut m'arracher.

C'est une illusion : la magie s'évapore dès que nous ralentissons.

Au pas, nous suivons une voie romaine envahie de feuilles mortes. Les chevaux sont nerveux. La jument de Saint-Preux fait plusieurs écarts. Oreilles pointées en avant, Athos renâcle ; son souffle s'échappe en volutes de ses naseaux largement ouverts. Dans mon dos, j'entends Léo murmurer des mots doux à Icare afin de l'apaiser.

Inspirer calmement. Expirer. Recommencer. Ne pas montrer sa peur. Ne pas regarder derrière les troncs noueux et noirs, ne rien imaginer au plus profond des fourrés. Ne prêter aucune attention aux poils hérissés, à la sueur glacée coulant vers le bas du dos.

Nous quittons les bois.

Devant nous, des champs verts et bruns, une colline, un grand manoir en son sommet.

Les pur-sang s'ébrouent, hennissent, s'élancent sur le chemin en lacets.

Je ne me retourne pas. Je refuse de savoir ce que nous avons laissé dans l'obscurité de l'immense futaie.

Enfin, nous atteignons la demeure.

Au-dessus de nos têtes, le soleil brille dans le ciel : nous sommes saufs.

Pour le moment.

Chapitre 13

Saint-Preux nous a permis de l'accompagner jusqu'aux écuries, un long bâtiment de pierres nues. Accueillis par les hennissements d'une douzaine de pur-sang, nous avons dessellé et pansé nos montures. Je me sentais bien, dans la tiédeur du box d'Athos, en sécurité. Ici, ni Malco ni ses ombres ne pouvaient nous atteindre, j'en avais l'intime conviction. Saint-Preux nous a apporté une tasse de lait chaud et des pommes avant de nous donner congé. Léo a quitté la demeure à regret, se retournant avec un soupir quand nous avons franchi la grille de la propriété.

Engagés sur un chemin irrégulier sinuant entre les champs et les bois, nous avançons, côte à côte, depuis dix bonnes minutes quand Léo s'arrête brusquement.

– Les formes entre les arbres, elles existaient vraiment…

– Oui.

– Je veux dire, les chevaux ont paniqué et moi, je me suis senti tout froid à l'intérieur. J'ai pas rêvé, hein ?

Je secoue la tête, lève les yeux vers le ciel bleu envahi de nuages, scrute la ligne brun-vert, dans le lointain. Rien. Pas un mouvement à la lisière de la forêt. Les créatures y sont restées prisonnières et Malco n'est pas là.

– Et le… le monstre, tout à l'heure, poursuit-il d'un ton bas, étranglé. Comment a-t-il pu entrer dans l'église ?

– C'était une ombre, Léo. Seule la lumière pouvait le blesser.

Il fronce les sourcils, troublé par mon explication. Pour lui, le mal ne peut passer le seuil de la maison de Dieu. Mais ni Malco ni ses enfants de ténèbres ne sont de nature diabolique. Et, comme moi, ils viennent de la réalité.

Comme moi.

Deux mots qui m'étouffent. Deux mots qui me pétrifient, me donnent la nausée. Comment ai-je pu passer dans le tableau ? Pourquoi m'y a-t-il suivie ? Qu'avons-nous de semblable, lui et moi, pour être capables de ça ? Jusqu'à maintenant, je croyais que la fille de flammes, à mon arrivée dans le musée, m'avait ouvert les portes d'autres mondes. Mais la magie existait *en moi,* bien avant. Son baiser n'a fait que l'éveiller.

Et Malco ?

– Lune !

Je sursaute, arrachée à mes réflexions.

– Tu ne répondais plus, murmure Léo, me dévisageant avec inquiétude. Et tu es si pâle…

Muette, j'observe les alentours : il y a deux collines, plus loin et sur l'une d'elles, des rochers disposés en cercle. Parce qu'ils évoquent des ruines anciennes et mystérieuses, ceux-ci me semblent l'endroit parfait pour des aveux.

– Je ne t'ai pas tout raconté, Léo.

– Tu veux parler de Malco, c'est ça ? dit-il, sourcils froncés.

– De lui, de moi… Mais pas ici.

Prenant sa main, je l'entraîne vers l'éminence.

Je ne me suis pas trompée : les pierres couvertes de mousse brune et verte dressées sur le sommet sont les restes d'une vieille tour. Au pied de la pente, un petit âne gris. Plus loin encore, deux silhouettes rousses, à l'orée d'un bois.

Je m'assois contre les vestiges rugueux. Léo s'installe en face de moi, me considère en silence. Attend. Ébranlée par la déception que je devine déjà dans ses prunelles gris-vert, je baisse la tête, laisse mes cheveux blonds dissimuler mon visage. Muette, je triture mon béret afin de me donner une contenance. Mes doigts tremblent, cependant ; et quand je me lance, ma gorge est sèche et ma langue, en carton.

– Je ne t'ai pas menti, mais… Je t'ai caché certaines choses, Léo. Je suis désolée.

Je n'ose pas le regarder.

– Je ne viens pas de ce monde, poursuis-je en un souffle. Je suis arrivée ici parce que… Je ne sais pas comment ni pourquoi, à mon contact, les tableaux des peintres prennent vie. Je l'ignorais avant d'entrer dans ce musée et de voir la fille des flammes… Un portait… Un portrait qui s'est penché vers moi et m'a embrassé le front… C'est comme ça que j'ai pu retrouver les couleurs, pas parce que je suis tombée, comme je te l'ai dit. Ensuite, les toiles sont devenues vivantes, Malco m'a rattrapée et… Je ne savais pas quoi faire, j'étais terrorisée. Un lion a jailli d'un tableau et bondi sur lui. C'est son ombre qui nous a attaqués. Je me suis réfugiée dans la foire aux chevaux.

– Je ne comprends rien. C'est qui, cette fille des flammes ? Et c'est quoi, un musée ?

Je le lui explique du mieux que je peux. Quand j'ai

terminé, je rassemble mon courage et lève les yeux vers lui. À son expression révoltée, je comprends qu'il ne me croit pas. Il y avait peu de chance pour que ce soit le cas, je le sais. N'empêche. J'ai un goût amer dans la bouche. Envie de pleurer. Je devrais m'en aller au plus vite, trouver le moyen de quitter cet univers. Au lieu de cela, je lui parle de ma vie, là-bas. Très vite, sans respirer. Les mots se bousculent, s'entrechoquent, se confondent – train, collège, dessin, psychologue, tramway. Je me noie, ne peux m'empêcher de continuer mes confessions sans queue ni tête, mes explications embrouillées.

Le flot se tarit.

Mains crispées sur la casquette froissée, j'attends que Léo me traite de folle ou de menteuse, me quitte sans un adieu.

Mais non.

Il ne bouge pas. Se tait.

Des larmes roulent sur mes joues. Et dans ma poitrine, mon cœur remplit le silence d'un staccato fébrile et désordonné. Léo se lève, s'éloigne. Je risque un coup d'œil dans sa direction : il se tient à quelques mètres de moi, les mains dans les poches. Une légère brise agite ses cheveux. Il demeure longtemps immobile, le visage grave, lointain. Puis se tourne brusquement vers moi, m'empêchant d'esquiver son regard.

– Si t'es capable de voyager dans différents lieux, demande-t-il enfin, c'est que t'es un peu sorcière, non ? Alors pourquoi tu continues à fuir ? Pourquoi t'utilises pas ta magie pour chasser ceux qui te poursuivent ?

Je le contemple un moment, éberluée. Même s'il doute de moi, Léo s'efforce de m'accorder un peu de foi. À sa place, je ne sais comment j'aurais réagi. Reniflant un peu, j'essuie mes pleurs du revers de la main.

– Parce que… Peut-être parce qu'il n'y a rien d'autre, Léo. Juste ces peintures qui s'animent, ces portes qui s'ouvrent sur les mondes des peintres.

– Et Malco ?

– Malco, c'est différent. Tu te souviens de ce que je t'ai raconté ? Quand il a frappé maman, avant que je me sauve ? Ce soir-là, j'ai vu des ombres jaillir de son corps et le recouvrir. C'était comme si elles vivaient à l'intérieur de lui. C'est comme ça que j'ai compris qu'il n'était pas humain… je t'ai dit qu'il possédait des pouvoirs avant de me suivre ici, Léo. Moi, je n'avais rien. Moins que rien, même, puisque mes sens disparaissaient les uns après les autres.

– Mais c'est lui qui a volé tes couleurs, non ?

– J'ai lutté le plus longtemps possible. À la fin, je n'étais plus capable de dessiner. Même en noir et blanc, au crayon ou au fusain. Cela me rappelait trop ce que j'avais perdu.

– Pourquoi il a fait ça ? interroge-t-il, passant la main dans ses mèches châtaines. Te priver de tes sens, je veux dire.

– Je ne sais pas.

– Il ne veut pas te tuer. Pour ça, il lui suffirait de te tordre le cou.

Chapitre 13

À l'idée de ses grandes mains blafardes se refermant sur ma gorge, je frissonne. Léo a raison : si Malco voulait me tuer, ce serait facile. Il lui suffirait ensuite de maquiller son crime en accident, tout le monde le croirait – ma mère la première… Je songe à l'ombre dans mon dos, lorsque j'ai failli être renversée en me rendant au collège, ce jour-là. Et si elle tentait de me retenir, pas de me faire écraser ?

Ainsi, Malco aurait besoin de moi, vivante, et me pourchasserait non pour m'éliminer, mais pour me garder prisonnière. Je me rappelle le conte de l'homme qui dévore la lune. Peut-être est-ce cela ? Peut-être Malco est-il un ogre qui se nourrit de mes perceptions ?

– Tu sais, Lune, j'ai pas été très honnête avec toi, murmure soudain Léo. Je t'ai dit que j'avais pas de mère, mais c'est pire que ça.

Il secoue la tête, l'air malheureux, luttant visiblement contre les larmes. Je le rejoins à côté du gros rocher, me tiens près de lui sans oser le toucher.

– Quand tu m'as raconté ton histoire, reprend-il, je

me suis dit qu'il y avait quelque chose qui n'allait pas. Tu te souvenais de quand t'étais petite, et pas moi. Tout ce que je sais, c'est que je travaille pour un marchand de chevaux, que je vais souvent à la foire et que de temps en temps, Saint-Preux me permet de monter ses pur-sang. J'ai rien d'autre, ni dans la tête ni dans le cœur.

Léo n'a pas de passé. Il existe dans les tableaux d'une peintre, dépendant de son imaginaire, de ce qu'elle a créé. Avant mon arrivée, il ne souffrait pas d'être un personnage de peinture, mais maintenant…

– Je suis désolée, Léo.

– Il ne faut pas. Avec toi, j'ai l'impression que je vais pouvoir vivre, décider de ce que je veux et…

Le braiment affolé de l'âne gris, au pied de la colline, nous interrompt. Instinctivement, je regarde vers les bois envahis d'ombres. Je retiens un cri.

Malco est là. Juché sur une bête énorme à la robe et la crinière noires, il fonce dans notre direction.

D'un même mouvement, Léo et moi nous nous élançons.

Chapitre 14

Devant moi, Léo perd l'équilibre, tombe rudement sur la terre rocailleuse recouverte de mottes d'herbe. Je l'aide à se relever. Nous repartons, dévalant la colline le plus vite possible. L'âne gris s'éloigne en ruant. Portée par une étrange intuition, je prends sans hésiter la direction du petit bois où j'ai aperçu, tout à l'heure, des silhouettes animales.

La douleur, dans mon corps, est pire qu'en fuyant le bourg. Mes muscles sont en feu ; le rugissement du sang dans mes veines martèle mon crâne ; mon cœur, comprimé dans l'étau de ma poitrine, est près d'exploser.

Pourtant, je tiens bon. Léo à mes côtés, je garde le rythme, puisant dans sa présence une détermination jusqu'à présent ignorée.

Les questions de Léo, mes déductions se bousculent dans ma tête : ai-je le pouvoir de contrer Malco ? Il contrôle les ombres, retrouve toujours ma piste. Quelle est sa nature ? Est-ce un ogre, une autre créature, plus terrifiante encore ? J'aimerais, pour l'arrêter, avoir le don de créer un mur de lumière ou une lance pour le transpercer, mais je n'en suis pas capable. Cela le ralentira dans ce monde, mais ne suffira pas à le vaincre dans la réalité. Une question revient, lancinante : si j'ai pénétré dans ce tableau, suis-je complètement humaine ? S'il m'y a suivie, est-ce parce que nous nous ressemblons ? L'idée me révulse. Je voudrais la chasser définitivement de mon esprit, mais ne le puis. Elle contient une part de vérité, j'en ai la certitude.

Nous atteignons la lisière de la futaie. Deux biches, surprises par notre course, s'enfuient dans les fourrés. Il faut les suivre. C'est notre seule chance d'échapper

Chapitre 14

à Malco. Je le pressens. Mon instinct me le crie. Léo juste derrière moi, je m'engouffre dans un enchevêtrement de fougères et d'arbustes aux frondaisons dorées. De nos guides, je ne distingue que des formes, des éclairs roux et blancs. Parfois, il me semble qu'elles ralentissent pour nous observer. Bondissent hors de portée dès que nous nous rapprochons.

Et je la vois. Une trouée grise, vaguement luminescente, entre deux bosquets. Saisissant Léo par la main, je me rue vers la porte ouverte sur le musée. Arrivée devant le passage, je ralentis, incertaine. Ai-je le droit de l'emmener ? N'est-ce pas risqué pour lui ?

– Tu es sûr que…

– Oui !

Sans hésiter, il plonge dans la brèche et m'entraîne avec lui de l'autre côté.

Un instant éblouie, j'atterris rudement sur le sol. Je frotte mes paupières, bats des cils. À côté de moi, ébahi, Léo, avec ses mèches châtain clair et ses yeux brillants. Sur les murs, couleurs chatoyantes et mouvantes, parfums et rumeurs, les œuvres de l'exposition. Et tout le reste, piliers, plancher, bancs, mes vêtements d'ici, moi : noir, blanc, terne, gris.

Je ne suis pas guérie.

Léo se lève, s'avance vers la toile dont nous avons surgi : comme le lion qui m'a protégée plus tôt et panse à présent ses blessures, comme la foire aux chevaux par laquelle j'ai échappé à Malco, elle a été peinte par Rosa Bonheur. Il s'en approche, s'immobilise devant trois pur-sang, un bai, un blanc et un gris au regard méfiant, tenus en main par un cavalier aux traits las.

– Saint-Preux, souffle-t-il.

Le hennissement d'un percheron détourne son attention. Il s'avance, hypnotisé, vers le chaos bruyant du marché où il a l'habitude de travailler. Vacille, très pâle. Je me précipite à ses côtés.

– Je ne me vois pas, mais j'ai l'impression d'être à deux endroits à la fois, souffle-t-il.

Chapitre 14

– Viens, dis-je, prenant son bras et le menant hors de l'alcôve. Je crois que je sais où aller.

Mais, fasciné par les fragments de sa propre vie figés dans la peinture, il se dégage, presque brutalement, et se plante de nouveau devant Saint-Preux et ses bêtes. Dois-je l'emmener de force ? Le laisser regagner l'œuvre dont il est issu ? Il a une telle soif de vivre, de choisir librement son destin… Que ferait-il, là-bas ? À moins qu'il n'oublie tout, redevienne un personnage sans passé ni question. Je le refuse. Je ne veux pas disparaître de sa vie.

– Léo !

À regret, il s'arrache à sa contemplation, me suit dans une salle adjacente. S'arrête devant une jeune femme en robe d'azur, au décolleté plongeant. S'apercevant de son trouble, celle-ci s'empare avec un petit rire du bouquet de fleurs bleues, blanches et roses posé près d'elle et lui en lance une. Je la dévisage, furieuse et, saisissant Léo par la manche, le tire loin du dangereux portrait.

– Attends ! s'exclame Léo, se penchant pour ramasser la corolle.

Se redressant, il me la tend avec un sourire malicieux. Me sentant stupide d'avoir été jalouse, je marmonne un merci et fourre mon nez dans les pétales aux reflets parme. Il s'en dégage un parfum suave et léger. Léo fait quelques pas, tourne sur lui-même, se précipite de l'autre côté de la salle. Se fige devant le visage laiteux d'une jeune femme aux iris noirs, accoudée au dossier d'un fauteuil. Elle lève à peine la tête de sa rêverie en nous voyant. Ses voisines, deux filles au teint de fleur, aux yeux de jais, profonds et rieurs, nous appellent.

– Valentine ne s'intéresse à personne d'autre qu'elle-même !

L'une d'elles enlace un grand chien aux formes floues, pose sa tête contre la sienne et sourit. Son amie s'approche de nous, lissant son jupon outremer. Elle nous observe, malicieuse et mutine.

– Venez ! On dansera près du kiosque à musique, on

Chapitre 14

jouera avec les biches… On s'amusera bien ensemble, vous verrez !

Léo et moi échangeons un regard. Cet univers éthéré, presque innocent, me met mal à l'aise. Comme si la douceur naïve de ces portraits évanescents dissimulait une réalité bien plus sombre, plus cruelle.

– On peut pas, désolé, marmonne Léo, aussi gêné que moi.

Il recule avec un sourire crispé, agite sa main en guise d'au revoir.

– Dommage ! Vous ne savez pas ce que vous perdez, lance-t-elle.

Et dans ses yeux de nuit brille une frustration mêlée de rage. Nous nous éloignons rapidement. Je veux retrouver la fille du feu. Elle pourra nous aider, j'en suis sûre. Mais l'exposition est grande, et Léo ne cesse de s'arrêter : chaque œuvre le trouble, le fascine. Il s'abreuve de ces univers miniatures, tente de percer leurs secrets. Peut-être parce qu'il ne sait comment se comporter avec eux ou qu'ils lui ressemblent, les personnages l'intimident. Il les évite, s'attardant devant les natures mortes et les paysages.

– Quand je suis face à tout ça, dit-il, montrant d'un geste vague les toiles qui nous entourent, je me sens… Je sais pas. J'ai envie d'aller voir ce qu'il y a, à l'intérieur et en même temps, je voudrais crier à tous ces gens qu'ils vivent dans une prison de peinture, qu'ils ne sont pas réels…

Je me mords les lèvres, au bord des larmes. J'ai été égoïste. Je n'aurais jamais dû l'emmener ici. Si je ne lui avais rien dit, s'il était resté dans le marché aux chevaux, il ne souffrirait pas ainsi ; il n'aurait pas l'impression de n'être qu'un personnage, une illusion née de l'imagination d'un peintre. Timidement, je touche son bras.

– Tu existes Léo.

– Ah oui ? siffle-t-il, se tournant brusquement vers moi, les yeux étincelants de colère. Alors pourquoi je n'ai ni père ni mère ? Pourquoi je n'ai aucun souvenir de mon enfance ? Pourquoi je n'ai jamais grandi ? Pourquoi…

Chapitre 14

Un bruit sourd l'interrompt. Au même moment, un courant d'air glacé me transperce ; je sens l'étau de la peur se resserrer sur mon cœur. Instinctivement, nous faisons volte-face. Une ombre est apparue là où sont exposées les œuvres de Rosa Bonheur. Une ombre épaisse, poisseuse, qui roule et serpente sur le sol gris. Me traque. Me devine déjà.

Nous n'avons pas le choix. Nous devons fuir, de nouveau. Où est la fille des flammes ? Je ne la trouve pas. La panique me submerge, je ne sais où aller. Léo derrière moi, j'avance en aveugle. Soudain, un oiseau couleur d'ossement fond sur nous ; j'esquive de justesse son bec acéré. C'est le volatile au regard mort qui m'a tant effrayée, tout à l'heure ! Il attaque de nouveau. Serres en avant, il s'abat sur Léo. Mon ami le projette loin de nous. Paniquée, je cherche une issue, un tableau où nous réfugier – mais tous me font peur. Ils évoquent des monstres, des êtres difformes, des minotaures, des paysages impossibles.

Quelque chose agrippe mon épaule. Pas le temps

d'appeler à l'aide ni de me débattre, à peine de sentir l'étreinte affolée de Léo : je suis aspirée dans un autre monde.

J'atterris sur une terre jaune et dure. Je me relève péniblement, étonnée d'être si proche du sol, respire, un peu étourdie, des parfums épicés de chaleur et de sable. À côté de moi, Léo étouffe un cri. Je me retourne, réprime à mon tour un hoquet de surprise : ses vêtements ont disparu, remplacés par une chevelure si longue qu'elle le recouvre entièrement. Sa tête fait presque la taille de son corps et son visage… Son visage est celui d'un vieillard !

Chapitre 15

Saisie d'effroi, je touche mes cheveux, une toison épaisse et longue, blond paille, qui me descend jusqu'aux pieds ; j'examine mes mains, minuscules et fines. Puis je me souviens : en arrivant dans la foire aux chevaux, mes vêtements se sont transformés et, si mes traits n'ont pas été affectés, c'est parce que ce monde ressemblait au mien. Ici, nous avons pénétré dans un univers complètement différent : les personnages qui vont et viennent dans cet étrange paysage ont tous des chevelures semblables à de longs manteaux un peu ternes, des têtes énormes et des corps minuscules, avec de grands pieds grotesques et de toutes petites mains.

– Nous redeviendrons nous-mêmes une fois de retour dans le musée, dis-je, essayant de rassurer Léo.

Il me dévisage en silence, comme s'il ne parvenait pas à entendre mes propos. Puis hoche la tête, résigné.

– C'est vrai que t'étais pas habillée pareil, là-bas.

Soudain, je prends conscience que nous sommes observés. Je me retourne, découvre à quelques pas de nous un personnage androgyne, drapé dans une immense cape de mèches blanches. C'est lui, je le devine, qui nous a attirés ici. Immobile comme une statue, il attend que nous allions vers lui.

– Bienvenue chez les Magdalènes, dit-il d'une voix poussiéreuse, pourtant étrangement mélodieuse.

– Euh… merci ? Je m'appelle Lune. Et voici Léo. Vous êtes…

– Magdalène. Nous sommes toutes Magdalène, ajoute-t-elle, devant notre air confondu.

Ainsi, ce serait des femmes ?

Chapitre 15

– Pourquoi… ? commence Léo.

– Pourquoi êtes-vous ici ? Parce que les Anciennes l'ont demandé. Elles vous attendent. Mais soyez prévenus : elles détestent les retards.

J'échange avec Léo un coup d'œil effaré.

– Allez ! Vite !

– C'est que… dis-je, nous ignorons où les trouver.

D'un geste ridiculement étriqué, j'embrasse les ponts et les arches qui s'étendent dans le lointain, l'étroite rivière aux eaux bleu-vert, transparentes, dans lesquelles nagent d'énormes poissons au regard humain.

– Elles sont de l'autre côté de la porte, répond Magdalène, haussant d'invisibles épaules avec agacement.

Léo me fait signe, désignant de ses petites mains un portique voilé par des ombres violettes.

Je ne sais qui sont ces Anciennes ni pourquoi elles nous attendent, alors qu'elles ne nous connaissent pas. Léo passe devant moi, se dandinant sur ses pieds disproportionnés. Je le suis, intriguée. Inquiète, aussi. Nous effectuons sans oser nous toucher quelques pas dans une pénombre évanescente et douce au parfum de miel. Elle disparaît brutalement, laissant place à une clarté jaune pâle, presque aveuglante. Instinctivement, je protège mes yeux, me réfugie sous le rideau de ma chevelure. Quand je l'écarte, prudemment, je découvre une esplanade de dalles fissurées, bordées par des maisons, des arbres blancs et nus. Partout, des chats. Tigrés, roux, noir et gris, de toutes tailles, ils se prélassent sur le sol dur et tiède, se coulent entre les crinières des Magdalènes, observent les passantes affairées. Plus loin, sur la place, trois vieilles femmes vêtues de manteaux pareils à des plumes de corbeau, aux cheveux de neige roulés en chignon, scrutent une grosse marguerite rouge, jaillie par magie de la pierre. Nous apercevant, l'une d'elles, peau parcheminée, yeux ronds, exorbités, se penche à l'oreille de sa voisine. Celle-ci, abandonnant l'examen de la fleur, se tourne vers nous : derrière sa loupe, sa prunelle mauve semble disproportionnée. La troisième, elle, s'ébroue à peine.

Nous les rejoignons, incertains et méfiants.

Chapitre 15

L'aïeule au lorgnon s'approche de nous en sautillant. De près, ses rides irrégulières sont si profondes qu'elles semblent des crevasses ouvertes sur des gouffres. Ses iris, cependant, brillent d'une flamme étrangement jeune.

– Vous êtes les Anciennes ? dis-je, essayant de ne montrer aucune crainte et de maîtriser le tremblement de ma voix.

Répondant par un grognement inintelligible, elle me saisit et me traîne vers ses compagnes. Léo nous suit, abasourdi.

– Nous avons beaucoup entendu parler de toi, jeune fille, souffle la vieillarde au profil d'oiseau sans daigner nous lancer un regard.

– Ah bon ? Mais comment… Je suis désolée, reprends-je, confuse. Moi, je ne vous connais pas.

– Nous appartenons à tous les temps, à tous les mondes. Nous sommes les Moires, tisseuses du destin des hommes. Nous sommes le passé, le présent et l'avenir !

Je me rappelle l'école, les contes, la mythologie : trois sœurs, divinités penchées au-dessus d'une grande tapisserie. L'une filant, l'autre tissant la trame de la vie de chaque homme, la troisième coupant le fil. Je recule, intimidée.

– Et… Vous… Alors, vous saviez qu'on venait ? croasse Léo, dissimulant mal sa crainte.

– Évidemment ! lance la troisième vieillarde, daignant enfin se tourner vers nous.

Je sursaute. Ses yeux semés d'étoiles sont des gouffres insondables, effrayants.

– Nous étions curieuses de te rencontrer, reprend l'aïeule, sans prêter attention à mon ami. C'est si rare, une fille de peinture et de sang !

– Une… quoi ?

– Nous te l'avions dit, intervient celle aux yeux fous. Cette petite ignore qui elle est, et d'où elle vient !

Mon cœur bat plus vite. Mes oreilles bourdonnent. Qui suis-je ? Question que je ne me suis jamais posée, qui me semble maintenant essentielle. Qui suis-je ?

Chapitre 15

« Une fille de peinture et de sang ». Qu'est-ce que cela signifie ?

– J'aimerais comprendre, dis-je en chuchotant.

Sous leurs regards étranges, terrifiants, je me sens comme une enfant, faible et fragile. Léo se rapproche de moi, prend maladroitement ma main, comme pour me rassurer. Il devine, lui aussi, que rien ne sera plus jamais pareil si elles acceptent de me parler.

Les Moires échangent quelques paroles à voix basse, puis celle au lorgnon me fait signe d'approcher et, de son index grêle, désigne la marguerite.

– À ton avis, pourquoi cette fleur a-t-elle surgi, du jour au lendemain, sur cette place ?

– Pour annoncer notre venue ? souffle Léo.

La vieillarde fronce les sourcils, sévère.

– Ce n'est pas à toi que nous parlions. Mais tu as raison, ajoute-t-elle d'un ton plus doux. C'est comme cela que nous avons appris qu'aujourd'hui, un événement singulier se produirait chez les Magdalènes.

– Vous m'avez appelée « fille de peinture et de

sang »… Est-ce pour cela que je peux être ici ? Dans ce monde ? Avec Léo ?

– Cela fait beaucoup de questions. Nous ne t'en offrons qu'une : les autres, tu devras les payer…

– Avec des souvenirs sacrifiés.

– Ou sa vie, conclut la troisième, dardant sur Léo ses prunelles de nuit.

– Alors, reprend la première, choisis judicieusement.

– Je… Je peux réfléchir ?

Elles acquiescent à l'unisson. Léo et moi, nous nous éloignons un peu, descendons quelques marches claires. Nous nous asseyons en bordure d'une esplanade de terre sèche. En son centre, un arbre contre lequel est appuyée une bicyclette. Un chat noir, amical et curieux, vient s'enrouler dans le manteau de mes cheveux en ronronnant.

– Tu devrais demander comment se débarrasser de Malco, suggère Léo.

– Peut-être.

Je soupire, caresse distraitement la tête du petit félin.

Chapitre 15

Je suis tentée par sa proposition. Mais je crois que ce serait un mauvais choix. Parce que « comment » ne signifie pas que nous en aurions les moyens. De plus, j'ai l'impression que ce n'est pas pour cela que je suis ici.

– Tu peux peut-être essayer de savoir comment ça se fait que tu sois capable de passer d'un tableau à l'autre ? Ou comment… Pourquoi je peux voyager avec toi ?

Léo est un personnage de peinture, et pourtant, il est ici, vivant, à mes côtés. Je ne peux plus voir les couleurs ni sentir les odeurs, sauf lorsque je suis dans un tableau. Malco me les a volées, et peut me suivre d'une œuvre à l'autre sans que je sache comment.

Fille de peinture et de sang. Ces mots qui tourbillonnent dans ma tête et se dérobent chaque fois que je tente d'en saisir le sens forment le cœur de la bonne question.

– Tu as raison. Je vais l'interroger sur l'origine de ce…

– Don, termine Léo. Tu as un don, Lune. Bizarre, parfois effrayant, mais un don quand même.

Il esquisse un mouvement, comme pour déposer un baiser sur ma joue. Se ravise.

– C'est que je ne suis pas… enfin…, bredouille-t-il, grattant d'un air gêné sa peau parcheminée.

Il est si comique, ainsi, que je ne peux retenir un rire.

– Tu veux dire que *nous* ne sommes pas à notre avantage ! Allez, viens ! Il est temps de retourner là-haut.

Les trois Anciennes n'ont pas bougé. Réunies autour de la fleur rouge, elles regardent, impassibles, ses pétales s'envoler. Un chaton, un peu joueur, bondit, les poursuit, file entre les pieds d'une Magdalène. Déséquilibrée, celle-ci s'affale sur les dalles. Sa chevelure étalée en corolle ressemble à celle d'une méduse. Furieuse, elle se redresse en sifflant d'incompréhensibles imprécations et se lance sur les traces de l'animal.

– Alors ? demande l'aïeule au lorgnon, m'examinant avec curiosité derrière son verre grossissant.

– Le temps presse, grommelle sa sœur, désignant de son manteau pointu la marguerite. Quand il ne restera plus que son pistil…

Chapitre 15

– Ce sera trop tard, conclut la dernière en roulant des yeux.

À ces mots, un léger frisson court le long de mon échine. Le temps, parmi elles, nous est compté. Bientôt, Malco et ses ombres nous auront retrouvés. Alors, très vite, je pose ma question.

– Quelle est l'origine de mon don ?

Chapitre 16

Les trois aïeules se consultent brièvement du regard. Un nouveau pétale s'envole. Je compte – près de la moitié a déjà été éparpillée.

– Tu veux connaître l'origine de tes talents ? commence la vieille au lorgnon. La voici... Il y a bien longtemps, dans ton monde, une jeune artiste s'éprit du cadet d'une grande lignée. Les parents de son soupirant étaient furieux de cet amour, et firent tout ce qui était en leur pouvoir pour les séparer. En vain. Ces deux-là s'aimaient tant que rien, ni la prière ni la menace n'y parvinrent. Mais ce que la famille n'avait pu accomplir, la guerre le fit. Le garçon partit combattre de lointains ennemis.

Une bourrasque brutale emporte trois larmes rouges.

La vieillarde aux yeux déments toussote.

– En attendant son retour, coasse-t-elle, la peintre décida de réaliser son portrait. Elle croqua, encra, utilisa les pigments et l'huile, l'imagina en buste, en pied. Le temps passa. Les affrontements cessèrent et chacun rentra chez soi. Qui avait gagné ? Qui avait perdu ? La peintre s'en moquait : les mois s'égrenaient, et son fiancé ne revenait pas. On lui dit de l'oublier. On lui fit plusieurs commandes – un capitaine, une dame coquette et même un petit chien. Elle les refusa toutes, et continua d'espérer.

La marguerite, à présent, est presque dénudée.

– Elle ne dessinait plus qu'un visage, qu'une silhouette : ceux de l'homme qu'elle aimait. Mais celui-ci avait bien changé. Des cernes violets soulignaient ses yeux clairs, ses joues ombrées de barbe étaient creusées par la faim, son corps vêtu de guenilles était maigre. Elle

Chapitre 16

peignait son retour sans savoir qu'il était mort, mettant son espoir et son amour dans chaque touche de pinceau. Et un jour, il apparut au bout du chemin. À la place de son tableau, il n'y avait plus qu'une silhouette floue dans un paysage de novembre.

– Ils eurent trois enfants, reprend la première. Elle succomba à la naissance de sa dernière fille. Son époux disparut au moment même où elle rendait l'âme. Quant à la petite, enfant de peinture et de sang, elle reçut le don de vivre entre les mondes, de donner chair à ce qui n'en avait pas. Elle se maria à son tour, et eut plusieurs enfants. Toi, petite étincelle, tu es sa descendante. Et quand tes dons seront entièrement réveillés, tu seras probablement bien plus puissante qu'elle.

– Je... Je pourrai vaincre Malco ?

– Tu connais la règle...

À cet instant, le vent disperse les dernières touches de couleur. Les premières ombres rampent sous l'arche de pierre. Il arrive.

– Fuyez !

Exclamation soudaine, stridente, de la Moire aux yeux fous. Au même instant, une fenêtre s'ouvre, un peu plus loin. Pas le temps de réfléchir, pas le temps de dire adieu. Nous nous élançons, de toute la vitesse de nos jambes courtes et grêles. Nous nous engouffrons, hors d'haleine, dans une pièce ronde et vide – un sol de céramiques humides, des murs éthérés, cinq portes de bois sombre. Nous nous arrêtons, hésitants. Que faire ? Laquelle ouvrir ?

– Chacun un bout, on se retrouve au milieu ? propose Léo dans un souffle.

J'acquiesce. Tourne une première poignée. Passe la tête de l'autre côté – la retire aussitôt, réprimant une nausée. Murs sanglants. Créatures vêtues de suaires. Relents de viande et de pourriture et, au centre, l'horrible oiseau blême qui nous a attaqués. J'en essaie une autre. Dans l'obscurité, une gigantesque fleur rouge et rose, et le battement assourdi d'un cœur.

– Viens !

Chapitre 16

Je referme le battant, rejoins Léo à l'orée d'une forêt fantomatique, plongée dans les ténèbres. Au loin, des hennissements et une corne de brume.

– Léo, je sais bien qu'il y a des chevaux, mais il fait nuit, là-dedans… Malco n'aura aucune peine à nous retrouver dans l'obscurité.

– Juste à côté, ajoute-t-il en désignant un autre vantail, j'ai découvert un grand jardin, avec des arbres bien taillés et du soleil. Tu crois pas que c'est par là qu'il ira nous chercher ?

Je réfléchis un instant. Léo a raison. Malco ne pensera pas que nous avons trouvé refuge dans l'obscurité.

– D'accord, je te suis.

À peine le seuil franchi, je bascule en avant. Douleur fugitive : mon corps se tord, s'allonge, mes traits se modifient. Je me redresse : face à moi, Léo, transformé en créature hybride : une tête de chevreuil, des yeux soulignés de noir, un pelage gris-vert. Son corps longiligne est couvert de tissus semblables à de longues feuilles. Ses mains fines, comme les miennes, ont la blancheur de la neige. Du bout des doigts, je tâte mon visage : un duvet de plumes le recouvre. Suis-je devenue oiselle ?

– De quelle couleur est mon plumage ?

– Bleu, souffle Léo.

– Ton poil est de celle de tes yeux.

– Ben il aura vraiment du mal à nous trouver, cette fois, sourit Léo.

– Et maintenant ?

Il observe le croissant de lune, les étoiles, leur pâle lumière qui nimbe les grands arbres d'un halo laiteux. Au loin, la corne de brume résonne de nouveau, accompagnée cette fois d'aboiements. Les échos de cette poursuite m'effraient. Qui sont les chasseurs ? Quelle est la nature du gibier ? Léo, lui, ne paraît pas inquiet. Il écoute les doux hululements des chouettes, les frémissements du vent dans les branchages. Il est dans son élément, ici. Même sa métamorphose ne paraît pas le gêner.

Chapitre 16

– Allons par là, me dit-il, indiquant le cœur de la forêt.

Malgré mon inquiétude, je lui emboîte le pas.

Sous nos pieds nus, un tapis de feuilles d'argent. Au-dessus de nous, une nuit éclaboussée de bleu.

À mesure que nous nous enfonçons sous les frondaisons, mes craintes s'évanouissent. Une brise fraîche caresse mon plumage. Des parfums de mousse et d'humus chatouillent mes narines. Léo avait raison : Malco ne nous traquera pas, ici. Je le sais. Apaisée par notre échappée dans ces bois étranges, féeriques, je songe au récit des Anciennes. À ce qu'il signifie. L'un de mes aïeux était un personnage de peinture. Enfin, plus exactement un fantôme que le génie et un amour sans égal avaient ramené à la vie. Je suis déçue d'avoir dû fuir avant de pouvoir en apprendre plus. À quelle époque cette romance a-t-elle eu lieu ? Il y a longtemps, certainement. Je me prends à imaginer une atmosphère médiévale, avec des châteaux isolés et de hautes tours, des pouvoirs mystérieux et des secrets de famille… cela me ramène brutalement à Malco. Sommes-nous du même sang ? Descend-il, lui aussi, de ces deux amoureux ? À cette seule idée, un goût de bile envahit ma gorge. Que nous soyons parents, même éloignés, me révulse. Et pourtant… Comment pourrait-il, sans cela, me suivre au cœur des tableaux ? Une autre idée me traverse subitement l'esprit : et si, en me volant mes couleurs, Malco cherchait avant tout à empêcher mes dons de croître ?

Un renard immaculé traverse le chemin, se fige en nous apercevant, disparaît d'un bond dans les fourrés. Léo s'arrête, scrute l'obscurité.

– J'en avais jamais vu de pareil, chuchote-t-il. En même temps, je n'étais jamais venu dans un endroit comme ça. Tu savais vraiment pas ? Pour l'origine de ton don, je veux dire.

– Non. Et jamais je n'avais été capable de voyager ainsi avant de pénétrer dans ce musée. Pourtant, maman et moi allons… allions voir des expositions dès que nous le pouvions.

– Tu m'as bien dit que tu dessinais ? reprend Léo, m'entraînant dans le sillage de l'animal.

– Oui ! Maman pense même que je pourrai intégrer les Beaux-Arts, plus tard.

Je m'arrête brutalement. Réalise ce que cela signifie. Un jour, je serai peut-être capable de peindre mes propres univers et leur donner vie. Bouleversée par cette prise de conscience, je m'adosse contre un arbre. Il y a tant de possibilités, tant de portes ouvertes et de chemins qui se dessinent… J'en ai les jambes en coton. Je ferme les yeux. Ma tête tourne. Besoin de reprendre mon souffle. D'apaiser le flot désordonné de mes pensées. Quand je recouvre le contrôle de mes émotions, Léo me tient dans ses bras. Troublée par la magie de l'instant, j'ose à peine respirer. Je voudrais que ce moment dure toujours. Alors, tout doucement, pour ne pas briser le fragile cocon qui nous isole du monde, je l'enlace moi aussi. J'écoute nos deux cœurs battre à l'unisson.

– Lune, chuchote-t-il.

– Léo ?

Je lève la tête vers lui. Nous demeurons figés, l'un et l'autre gênés par cette apparence qui n'est pas nôtre. Certes, c'est le même Léo derrière ce masque de cervidé et, sous mon plumage, je n'ai pas changé. Mais ces formes ne nous appartiennent pas, alors nous nous écartons l'un de l'autre avec un soupir.

Hennissements, appel sinistre d'une corne de brume. Et proches, bien trop proches, les hurlements des chiens.

– Nous ne devrions pas rester ici.

– Ce n'est qu'une chasse, tu sais.

– Non. C'est autre chose, dis-je en surveillant les alentours. J'ai un mauvais pressentiment, Léo. Partons.

Sans attendre sa réponse, je fais volte-face et commence à chercher un chemin dans les sous-bois. Mais je ne trouve que ronces et fougères aux reflets de glace. Le ventre noué, je m'arrête dans une petite clairière baignée par le clair de lune.

Chapitre 16

– Je crois que nous sommes perdus.

Léo regarde autour de lui, acquiesce lentement. Il n'est plus très rassuré à présent.

Et soudain, ils sont là. Une dizaine de molosses au poil anthracite nous encerclent, grondant et écumant. Il n'y a pas d'issue, aucun moyen de se défendre.

Alors quatre cavaliers surgissent de la pénombre des arbres. Quatre chasseurs hybrides, vêtus de longues mantes et de capuchons colorés, qui nous toisent sans aucune pitié.

Chapitre 17

Pétrifiée, j'observe les chasseurs. Le premier est vêtu d'une houppelande bleue semée d'étoiles et porte une coiffe pourpre. Son étalon gris ne cesse de renâcler. Le deuxième monte une bête rousse. Le troisième, être rouge sang enveloppé dans une cape blanche, est juché sur un cheval clair et le dernier, emmitouflé dans une lourde capuche verte, chevauche un animal couleur de suie. Un dernier personnage les rejoint d'un pas étrangement sautillant. Mince comme une brindille, habillé de jaune et de roux, il tient un long bâton dans ses mains. Son arrivée suffit à apaiser les chiens. Ils se regroupent aussitôt autour de lui et attendent, assis sur leur arrière-train, leurs prunelles luisant d'un éclat impatient.

– C'est le veneur, me chuchote Léo.

– Silence, feule le premier cavalier.

Sa voix rauque, feutrée, éveille en moi une terreur lancinante.

– Que faites-vous sur notre territoire ? siffle le deuxième.

Léo déglutit, se rapproche de moi.

– Nous nous sommes égarés, dis-je d'un ton tremblant. Nous voulions seulement…

– Quoi ?

– On voulait seulement se promener, termine Léo, entremêlant ses doigts aux miens. On savait pas que cette forêt vous appartenait.

– D'ailleurs, nous allions rebrousser chemin.

– Il n'y a *pas* de chemin, reprend le premier.

– Pas pour les intrus, précise l'être écarlate dans un frisson.

Chapitre 17

À ces mots, le vent se lève. Une bise froide, qui souffle en rafales et nous cingle cruellement. Une lumière métallique baigne la clairière. La lune est devenue d'acier. Le quatrième met pied à terre et s'approche. Il glisse au-dessus de l'herbe, comme s'il n'était pas fait de chair, mais d'une étrange substance éthérée. Il tourne plusieurs fois autour de nous, saute de nouveau sur son palefroi, commence à chuchoter. Ses paroles incompréhensibles et indistinctes volent jusqu'à ses frères. Ils écoutent, attentifs, se concertent quelques secondes en silence, puis le premier pousse vers nous son destrier. L'arrête à un pas de nous.

– Nous avons décidé de vous laisser une chance. Si nous ne parvenons pas à vous rattraper avant l'aube, nous vous escorterons jusqu'à la lisière de la forêt. Sinon… Quand vous entendrez le cor, dans la nuit, vous saurez que la chasse est lancée.

Tous s'écartent de nous, puis la créature vêtue de bleu nous désigne l'épaisseur des arbres.

– Maintenant, courez !

Lune et l'Ombre

Nous fuyons, insensibles aux épines qui nous écorchent, aux branches qui s'accrochent à nos vêtements.

Nous fuyons, sautant par-dessus des fossés, esquivant sans effort racines traîtresses et rochers.

J'ai l'impression de flotter. À mes côtés, Léo bondit, souple et léger comme un jeune daim. Autour de nous, la forêt s'épaissit ; l'espace entre les troncs se resserre, les buissons forment des nasses inextricables dans lesquelles il est de plus en plus ardu de se frayer un chemin. En dépit de la peur qui dévore mes entrailles, je me sens légère et aérienne. Léo galope devant moi, son corps fuselé se ramasse et se courbe, son cou s'allonge pour mieux épouser la vitesse de la course.

Je m'envole.

Je sens le vent dans mes plumes ; je discerne chaque nuance des mousses et de l'écorce, chaque nervure de leurs fragiles feuilles ; j'entends, au loin, le souffle des chevaux lancés à notre poursuite, les griffes des molosses lacérant le sol. Je vois la lune, enfin, croissant de métal blanc pareil à une faux. D'un battement d'ailes, je m'en approche, fascinée par ses irrégularités, sa brillance. Mais elle est trop loin : il me faudrait plusieurs nuits pour l'atteindre…

Instinctivement, je baisse les yeux.

Là ! Une ombre rousse ! Je pique, trop tard pour la saisir entre mes serres. Frustrée, je décris de grands cercles au-dessus des fougères. J'espère la retrouver… Cette fois, je ne lui permettrai pas de m'échapper. De gibier je suis devenue chasseresse. Une pensée me traverse : sous cette forme, qui me retrouvera ? Je perçois les aboiements des chiens. Ils se rapprochent, mais quelle importance ? Ils ne pourront pas me rattraper. Je suis bien trop rapide pour eux. Il me suffira de me percher sur une branche, hors d'atteinte, puis de me fondre dans la nuit…

Planant silencieusement, je m'éloigne de ma proie. Au loin, un chevreuil fantomatique file entre les bouleaux. Sans doute aura-t-il moins de chance que moi, si la meute le rattrape.

Soudain, je réalise.

Devant moi, c'est Léo.

Métamorphosé, comme moi, en animal. Si nous continuons à fuir ainsi, nous perdons peu à peu notre nature humaine. Nos souvenirs disparaîtront, nous ne saurons plus qui nous sommes. Nous ne serons que des bêtes sans passé, mues par la peur et l'instinct. Et c'est exactement ce que veulent les chasseurs.

J'aperçois des lambeaux de tissu, accrochés à un bosquet. Nous sommes déjà passés par là. Ces lieux sont un labyrinthe dont ils sont les maîtres.

« Si nous ne parvenons pas à vous rattraper avant l'aube, nous vous escorterons jusqu'à la lisière de la forêt. »

Il savait que nous n'avions aucune chance. Il savait que nous nous transformerions peu à peu en proies.

À moins que je trouve le moyen de briser le sort ?

D'abord, il faut mettre un terme à cette course insensée. Je pique vers Léo, volette autour de lui, tente de l'immobiliser. Mais il allonge ses foulées, affolé. Pour l'ar-

Chapitre 17

rêter, je n'ai pas le choix. Je fonds sur lui en piqué. De mes serres, j'agrippe ses andouillers. Je déploie mes ailes et les rabats sur sa tête pour l'aveugler. Il esquisse une ruade, tente de se débarrasser de moi, perd l'équilibre, roule sur les feuilles mortes avec un brame étouffé. Je ne le laisse pas s'échapper. Il se cabre. Fonce contre un arbre. Me secoue en tous sens. Essaie de m'écraser sous son poids. Je m'agrippe, je résiste, malgré la douleur et les coups. C'est la seule façon de quitter vivants ce dédale.

Et ce ne sont plus des ergots de chouette qui tiennent les bois de Léo, mais des doigts. Mes doigts maigres et pâles d'adolescente. Je ne suis plus ni oiselle ni hybride. Je suis de nouveau moi-même.

Lune, simplement.

– Léo ! Léo, écoute-moi, dis-je dans un souffle. Ces cavaliers nous ont ensorcelés. Si nous continuons à fuir, nous perdons tout ce qui nous lie, nous oublierons définitivement notre nature.

Il se débat encore, troublé malgré tout par le son de

ma voix. Je comprends que je dois lui parler. C'est la seule façon de le ramener. Alors, je lui rappelle notre rencontre, la poussière du marché aux chevaux, les odeurs et le regard doux de Zoé, sa jument préférée ; je lui confie mon trouble, lorsqu'il me prend dans ses bras et ma peur de le perdre si Malco nous retrouve ; je lui raconte notre échappée belle dans la campagne, Athos et Icare, l'ivresse du galop, les grandes écuries dont s'occupe Saint-Preux, les étranges révélations des Anciennes et notre baiser manqué, avant que les molosses ne nous surprennent.

– Tu vois, tu dis que tu n'existes pas vraiment, Léo, mais c'est faux. Je sais que tu es là, emprisonné par ce corps de chevreuil. Je le sais parce que je voudrai te serrer dans mes bras, parce que tu me manques… S'il te plaît, Léo… N'abandonne pas. *Ne m'abandonne pas*.

À cet instant, un rayon de lune effleure mon ami. Autour de lui, l'air scintille brièvement. Et Léo, mon Léo, est de nouveau là. Je recule brusquement, les

Chapitre 17

joues brûlantes. Je lui ai révélé des sentiments dont je n'étais pas consciente avant de les exprimer. Je n'étais pas prête à me dévoiler ainsi. Il papillonne des yeux, examine ses mains, ses bras, passe la main dans ses cheveux, sourit.

Et soudain, je me rends compte que nous sommes de nouveau nous-mêmes. J'ignore comment, mais nous avons échappé aux lois de cet univers.

Des aboiements terribles et familiers éclatent, tout près. La meute est sur nos talons, nous aura bientôt rattrapés. J'observe rapidement les alentours. Pas de chemin, pas d'issue.

– Lune, je crois que j'ai une idée, chuchote-t-il. Puisque tu sais dessiner, tu peux peut-être faire quelque chose ?

Une porte entre les mondes. Évidemment. Sauf que je n'ai ni peinture ni pinceau. J'avise mes mains écorchées. Je n'ai pas de couleur, mais du sang.

– Léo, tu es génial ! dis-je, ramassant un silex d'argent.

– Et toi, Lune, tu m'as sauvé la vie.

À cet instant un éclair gris jaillit des fourrés, babines retroussées, écumant, et donne de la voix. Léo ramasse une branche, la casse en biseau.

– T'inquiète, gronde-t-il, je m'occupe des chiens.

Je serre les dents. Lacère mes paumes de l'arête tranchante. Plusieurs fois. Un liquide chaud, écarlate, coule de mes mains. Je les plaque sur un tronc d'argent. J'imagine une porte. Rouge. Assez large pour que nous nous y faufilions tous les deux. Trop étroite pour permettre le passage des chevaux. Je sens la substance de ce monde résister, combattre la volonté qui tente de le modifier. Elle s'efforce de me repousser, d'effacer la blessure que j'inflige à cette forêt. Je m'arc-boute. Je presse de toutes mes forces contre l'écorce, la modèle, lui impose la forme que j'ai choisie. Enfin, je sens la matière céder.

J'ai réussi.

Je me retourne. Retiens un cri. Mordu aux bras, à la hanche, Léo affronte deux molosses. Grondant, crocs découverts, ceux-ci l'encerclent et le harcèlent.

Chapitre 17

Je raffermis ma prise sur la pierre aiguisée, me jette dans la mêlée, frappe brutalement une bête. Surprise, elle glapit de douleur, bondit hors de portée. L'urgence et la peur décuplent mes forces.

– Vite, Léo !

Sans lâcher son bâton, il se rue vers l'issue que j'ai créée. Je m'y engouffre à sa suite, perçois, avant de basculer, le son étouffé d'un cor de chasse.

Lumière blanche.

Plancher gris. Nous sommes de retour au musée.

– On a réussi, Lune ! On a réussi !

Riant malgré ses blessures, Léo me serre dans ses bras puis me regarde, une étincelle brillant au fond de ses yeux. Il approche son visage du mien. Je noue mes bras autour de son cou, je ferme les paupières – et me fige.

Cette sensation glacée le long de ma colonne vertébrale, cette terreur qui me dévore le ventre…

C'est Malco.

Lune et l'Ombre

Quand je me tourne vers lui, j'ai l'impression d'être en plomb, lourde et pourtant, étrangement vide. Spectre blafard drapé dans des ombres, il braque sur nous ses iris charbonneux ; un sourire mauvais étire ses traits émaciés.

– Lune, petite Lune, siffle-t-il. Tu ne croyais quand même pas m'échapper ?

Lune et l'Ombre

Rosa Bonheur
1822-1899

Insolente. Rebelle. Réfractaire à toute autorité. Trois traits de caractère qui valent à la jeune Rosalie-Marie, fille du peintre Raimond Bonheur et de la musicienne Sophie Marquis d'être renvoyée de tous les établissements qu'elle fréquente. Résultat ? Elle obtient, à treize ans, le droit de demeurer dans l'atelier de son père, devenu veuf, et se consacrer à la seule chose qui lui importe : le dessin.

Passionnée d'art, Rosalie passe ses journées au Louvre, à étudier les chefs-d'œuvre qui sont exposés. Appelée le « petit hussard » par les élèves des Beaux-Arts, elle vend ses premiers tableaux : des copies. À cette époque, elle rencontre Nathalie Micas, adolescente un peu plus jeune qu'elle, son âme sœur.

Très rapidement, Rosa est acceptée au Salon de Paris. Elle y expose pour la première fois en 1841 et en devient une habituée. Fascinée par les bêtes, elle se spécialise dans l'art animalier : parmi ses sujets favoris, les chevaux, les scènes de labour, les fauves. Pour travailler plus à l'aise, elle porte le pantalon, alors interdit aux femmes (elle obtiendra une autorisation officielle de travestissement en 1857). À la mort de son père, elle le remplace à la direction de l'École gratuite de dessin pour les jeunes personnes, fonction qu'elle exerce jusqu'en 1860. Nathalie et elle s'installent à Paris, rue d'Assas, dans une maison assez spacieuse pour accueillir les deux artistes et ses nombreux animaux.

À leur propos, elle écrit d'ailleurs : « Je trouve monstrueux qu'il soit dit que les animaux n'ont pas d'âme. Ma lionne aimait, donc elle avait une âme plus que certaines gens qui n'aiment pas. »

En 1853, elle achève *Le Marché aux chevaux*, l'une de ses œuvres les plus célèbres. En 1855, elle est élue membre honoraire à l'Académie d'Amsterdam. La première distinction d'une longue série. En effet, elle commence à acquérir une renommée internationale. Des tournées promotionnelles en Angleterre et en

Écosse lui permettent de travailler à de nouveaux sujets, les paysages sauvages des Highlands s'accordant avec sa nature éprise de liberté. En 1858, *Le Marché aux chevaux* est exposé à New York. Sa notoriété traverse l'Atlantique.

Deux ans plus tard, Rosa acquiert le château de By, à Thomery ; elle s'y installe avec Nathalie et la mère de sa compagne. Elle y crée un vaste atelier, ainsi que plusieurs enclos pour sa ménagerie. Nommée par décret impérial chevalier de la Légion d'honneur, Rosa Bonheur est la première de son sexe à recevoir cette distinction. Une grande victoire pour la cause des femmes qui, considérées comme mineures à vie, n'ont ni droit de vote ni autonomie.

Durant la guerre franco-prussienne de 1870 marquée par le siège de Paris et la famine, Rosa et Nathalie décident d'organiser des distributions de vivres. Les années chaotiques se poursuivent avec la Commune, réprimée dans le sang. Cette terrible période permet cependant à des femmes de faire entendre leur voix dans des domaines aussi différents que la politique ou les arts. Mais il faut attendre 1881 pour la création de l'Union des femmes peintres et sculpteurs. Leur but ? Organiser des salons annuels présentant des œuvres de femmes et leur ouvrir les cours des Beaux-Arts.

Rosa Bonheur en est la présidente d'honneur.

Nathalie Micas meurt en 1889. Rosa Bonheur demeure, seule, en son château de By. Elle fait la connaissance, la même année, de Buffalo Bill et sa troupe. Elle réalise plusieurs portraits de ces légendes de l'Ouest. Fascinée par les mustangs, elle parvient à en obtenir un et rencontre, à l'occasion, Anna Klumpke. À cette même époque, les femmes ont enfin le droit de suivre les cours magistraux des Beaux-Arts et Rosa devient officier de la Légion d'honneur.

Faut-il préciser qu'elle est la première à recevoir ce titre ?

En 1898, Anna Klumpke s'installe à By pour faire le portrait de Rosa. L'artiste lui demande de rester auprès d'elle pour l'aider à composer ses mémoires.

Elle en profite pour rédiger son testament, et fait d'Anna sa légataire universelle.

Rosa succombe à une pneumonie, le 25 mai 1899. Elle est enterrée, selon ses vœux, dans le caveau de la famille Micas, au Père-Lachaise. Anna respecte scrupuleusement ses volontés. Elle termine la rédaction de la biographie de son amie et crée, en 1900, le prix Rosa Bonheur.

Esprit libre, rebelle et généreux, Rosa Bonheur était, de son vivant, un monstre sacré de la peinture. Pourtant, cette artiste flamboyante est aujourd'hui mal connue. Il serait temps de s'intéresser de nouveau à son œuvre et de lui rendre la place qui lui est due.

Leonora Carrington
1917-2011

Fille d'un magnat du textile de Lancaster, Leonora a le destin tout tracé d'une demoiselle anglaise de bonne famille promise au mariage. Sauf que l'éducation guindée des pensionnats l'insupporte. Rebelle, insolente, elle est renvoyée de plusieurs établissements. Ce qui l'intéresse ? L'art sous toutes ses formes, les animaux – en particulier les chevaux – la mythologie, le fantastique omniprésent dans les légendes que lui conte sa grand-mère irlandaise. Elle est envoyée à Paris, dans un pensionnat et voyage à Florence : sa rencontre avec la Renaissance italienne est décisive. Elle se consacrera à la peinture. À dix-sept ans, expulsée de son internat, elle retourne en Angleterre. Leonora essaie de faire bonne figure, participe à quelques bals et s'inscrit, sous l'œil désabusé de ses parents, à l'École d'art de Chelsea.

En 1936, André Breton supervise, à Londres, la première exposition internationale d'art surréaliste. Leonora découvre les œuvres de Dali, Miró et… du peintre allemand Max Ernst. C'est le coup de foudre. Avec Max, un nouveau monde s'offre à elle – celui des surréalistes – et une autre vie – celle qu'elle a toujours voulue. Contre l'avis de ses parents, elle rejoint son amant à Paris. Max l'adore, l'encourage à peindre, à explorer toutes les formes d'art. Il lui présente Picasso, Duchamp, et même Léonor Fini, une peintre qui n'est autre que son ancienne maîtresse.

En 1938, Max et Leonora déménagent dans le Sud de la France. Et puis, la guerre éclate. En raison de sa nationalité, Ernst est considéré comme un ennemi et emprisonné pendant trois mois. À peine est-il relâché que la France se soumet à l'Allemagne. Farouchement opposé au régime nazi, Max Ernst est de nouveau arrêté. Leonora Carrington, déjà fragilisée par leur première séparation, sombre dans une profonde dépression. En dépit de son état, elle fuit la guerre et part se réfugier en Espagne, où elle est internée. L'hôpital psychiatrique de Santander, dans l'Espagne franquiste, est un lieu cauchemardesque : les médecins n'hésitent pas à pratiquer des expériences terribles sur les patients. Elle écrira, quelques années plus tard, un livre sur son internement : *En bas.*

Leonora parvient, heureusement, à s'évader.

À Madrid, elle retrouve le poète et diplomate

mexicain Renato Leduc, un vieil ami. Il lui propose de l'épouser afin qu'elle puisse quitter l'Europe sans difficulté. À New York, elle croise Max Ernst (à présent lié à la mécène Peggy Guggenheim), André Breton, Marcel Duchamp et bien d'autres. Mais Renato et elle ne demeurent pas longtemps là-bas et partent, fin 1942, pour le Mexique.

Pour Leonora, cet exil est à la fois une renaissance et un nouveau départ. À Mexico, Leonora fréquente Frida Kahlo et Diego Rivera, mais se lie surtout d'amitié avec la photographe Kati Horna et la peintre Remedios Varo. Leonora épouse Chiki Weisz dont elle a plusieurs enfants. Et peint, écrit (*Le Cornet acoustique*, *Pénélope*), explore toujours plus avant, en compagnie de Kati et Remedios, surréalistes comme elle, les univers fantasmagoriques et ésotériques qui la fascinent. Êtres hybrides et animaux, symboles, sorcellerie jalonnent son œuvre.

Le décès, en 1963, du mari de Kati et celui, la même année, de Remedios Varo, rapprochent Kati et Leonora qui mènent plusieurs projets ensemble – une façon d'exorciser la douleur. En 1968, impliquée dans la révolte étudiante de Mexico, Leonora est contrainte de fuir. Elle s'installe à New York et fait plusieurs expositions, qui connaissent un grand succès. Sa renommée devient internationale. Elle regagne le Mexique au début des années 1970.

Le tremblement de terre de Mexico, en 1985, la contraint de nouveau à l'exil. Le séisme influence son art : *The Magdelens* et *Kron Flower* montrent des lieux dévastés où la vie renaît, en dépit de tout.

Figure majeure du surréalisme et de la scène artistique du XXe siècle, Leonora Carrington est morte le 25 mai 2011, à Mexico, laissant derrière elle une œuvre plurielle, aux univers foisonnants et magiques.

Liste, par ordre d'apparition, des principales œuvres citées

La Llamada, Remedios Varo, 1961.

Le Bois de Boulogne, Berthe Morisot, 1893.

Femme avec des fleurs, de Romaine Brooks, vers 1912.

Grandmother Moorhead's Aromatic Kitchen, Leonora Carrington, 1975.

Le Parapluie, Marie Bashkirtseff, 1883.

Un meeting, Marie Bashkirtseff, 1884.

Flora, Louise Abbéma, 1913.

Lion au repos, Rosa Bonheur, 1872.

Le Marché aux chevaux, Rosa Bonheur, 1853.

Le Relais de chasse, Rosa Bonheur, 1887.

Roches au flanc de la colline, Rosa Bonheur, seconde moitié du XIXe siècle.

Une tête d'âne, Rosa Bonheur, 1889.

Un couple de chevreuils dans la forêt de Fontainebleau, Rosa Bonheur, 1893.

Lune et l'Ombre

Une loge au Théâtre des Italiens, Eva Gonzales, 1874.
Valentine, Marie Laurencin, 1904.
Deux femmes au chien, Marie Laurencin, vers 1823.
The Magdalens, Leonora Carrington, 1986.
Kron Flower, Leonora Carrington, 1987.
Untitled, Leonora Carrington, 1952.

Remerciements

Avec *Le Tigre du douanier Rousseau*, de Kate Canning, paru en 1979 aux éditions universitaires, j'ai effectué mon premier voyage dans les mondes des peintres. L'histoire de ce félin s'échappant de son tableau est, j'en suis convaincue, à l'origine de mon envie d'écrire à mon tour sur ce thème. Alors, à Kate Canning et au douanier Rousseau, merci du fond du cœur. Mes remerciements, également à Sandy Julien et Olivier Legendre qui font sortir des lapins, des souvenirs et des noms de leur chapeau. Merci à Laurence et Silvia, Christophe, Taly, Brigitte et mes autres amis libraires, qui défendent becs et ongles le livre. Merci à Paola Grieco, mon éditrice, pour sa confiance.

Merci, enfin, à Nelly, Bernard et Fabien, qui savent pourquoi.

Conception et direction artistique : Marie Rébulard

Reproduit et achevé d'imprimer en janvier 2014
par Imago Publishing Ltd.,
pour le compte de Gulf Stream Éditeur,
Impasse du Forgeron - CP 910,
44806 Saint-Herblain cedex

www.gulfstream.fr

Dépôt légal 1re édition : mai 2014